아아, 샛노랑 잎새들이 젖고 있다

아아, 샛노랑
잎새들이 젖고 있다

정석영 시와 월인천강론

운주사

서 시

여기, 산 좋고 물 맑은 마을
오오랜 하늘 아래
가지마다 치렁치렁 세월을 받쳐들고 선
우리네 동구나무

뿌리 깊은 나무는 바람에 아니 흔들리나니

그 인고의 세월만큼
가지 뻗고 뿌릴 내려
저 청청한 하늘자락

그러나 그 하늘마저 등치 속에 동그라니
나이테로 감아 넣고, 언제나 그렇게
말없이 살아가는 동구나무……

나의 삶도 그 속에 예쁜 금하나 긋고 싶다

서 문

순수의 감성을 깨달음의 지혜로

시는 모두의 감수이자 예술의 꽃입니다.
슬픔도 받아들이면 아름다움으로 승화하고
분노도 다독이면 보배구슬로 꿰어집니다.
붉은 꽃 보아도 아름답고 지는 오래 채겨
주목 받어나고 그윽이 향기가 잠어듭니다.
그것은 시만이 지니는 고유한 기능입니다.

그러나 요즘은 시의 기능상실에 따른 감성의 퇴화로 말미암아 인간성마저 무너지고 있습니다. 그저 많이 배워 많이 알고 많이 모아 많이 가지는 게 교육의 성과이고 인생의 목표로 삼고 있습니다. 그리하여 시의 기능상실을 가져온 요인으로, 스스로가 가슴으로 느끼고 새겨야 할 시를 이론적인 학습과 논리적인 분석으로 주입시키고 있는 그릇된 교육정책과, 쏟아져 나오는 지식정보의 도도한 물결에 휩쓸려 언제 한가롭게 하늘 한번 쳐다볼 겨를이 없어진 것이 가장 큰 두 가지 원인이 되고 있습니다.

시의 기능이 회복돼야 교육이 살아나고 인간이 살아나

상생의 시대가 열리게 됩니다. 인간적인 성숙과 자아완성의 도를 이룩하여 만유 위에 우뚝이 절대아絶對我로 구현돼야 합니다. 그러한 시의 기능회복을 위해 세심한 배려를 기울였습니다. 일목요연하게 새겨 읽고 넘어갈 수 있게끔 두 페이지 이하의 시에 한해선 꼭꼭 펼쳐진 양면에 올려두었습니다. 또한 중요한 것은 백편의 시를 외우기보다 열편의 시를 읽는 게 낫고, 열편의 시를 읽기보다 한 편의 시를 가슴에 담고 살아가는 게 열번 낫습니다.

빈 호수 위로 자우룩이 물안개가 피어오르고 새들이 떼지어 날아가고, 두둥실 뭉게구름이 흘러가고 저녁놀이 곱게 드리워지는, 그리고 조용히 산 그림자 들어앉은 자리에 별들이 총총히 내려와 고운 잠 자고 가는-그 빈자리를 깔고 비쳐난 영상은 모두 맑고 아름다운 시가 됩니다. 그리하여 순수의 세계가 되고, 선禪의 경지가 되어 인간적인 성숙을 도모해 가야만 영원히 사랑과 행복을 누려갈 수 있습니다.

마지막 7부의 「월인천강론」은 둘이 아닌 시와 선을 통해 인류교육의 새 지평을 열어가자는 것입니다. 이를테면 지금까지는 의식으로 배워온 천지만업의 교육을, 앞으로는 인간성숙을 통해 무의식의 체성으로 돌아가 일원절대의 경지를 누려가는 세상으로 환원하기 위해 마련된 미증유사의 논제였습니다.

2014년 5월 15일 지리산 구름산방에서 정석영

비 갠 아침

산들이 세수하고
거울 앞에 다가섰습니다.

마알간 하늘 속
파랗게 솟아오른 산

밤사이
성큼
키가 커졌습니다.

산에 사노라면, 그것도 산암山庵에 혼자 사노라면
늘 '비 갠 아침' 같은 싱그러움과
빈 누리에 사무쳐 되울려오는 듯한
그 적요로움은 차라리 한 조각 설움인 듯 싶어라.
_척판암에서

초여름

뻐꾸기가
뻐꾹
뻐꾹
뻑뻐꾹
　　메아리도
　　── 뻐꾹
　　── 뻐꾹
　　── 뻑뻐꾹
　　　　산도 들도
　　　　뻐꾹!
　　　　뻐꾹!
　　　　뻑뻐꾹 뻐꾹!

푸른 산, 푸른 누리. 푸른 뻐꾸기 울음밖에
티끌 하나 더할 수 없는 5월의 산하 ─그리하여
천공에 달 오르니 온 산 가득 달빛이요 만 리에
구름 개니 만 리의 하늘이라 했던가.
　_용연사에서

푸른 누리

나무나무
푸르러
산이 푸르고

산이산이
이어져
아득한 하늘

구름 가고
바람 가고
끝없는 누리

평소 여러 지면에서 편편이 읽어오다가
한 권의 집대성한 시를 대하니 웅대하기조차 합니다.
참된 진리는 말이 필요 없듯이 스님은, 시심만으로도
훌륭한 시세계를 그려내고 계시는 줄을 알겠습니다.
_서울 북아현동에서 엄기원 합장

산에 오르면

산 위에 오르면
세상이 넓어져

산 위에 오르면
하늘이 높아져

――엄마아!
불러보고 싶은
아기가 된다.

●

내가 아주 꼬마였을 때, 방문을 열면 늘 하늘과 맞닿은 덩그런 앞산에 대한 동경심으로 커왔던 것 같다. 거기를 올라가면 하늘도 만져볼 수 있고, 솜털 같은 구름도 안아볼 수도 있거니와, 그보다는 그 산 너머에는 어떤 세상이 펼쳐져 있을까가 너무나 큰 동경의 대상이 되어 있었다. 다섯 살 되었을 쯤 형과 누나를 따라 드디어 그 산엘 오르게 되었다. 하늘을 만져본다는 꿈은 깨어지고 더욱 높아져버린 아득한 하늘, 올망졸망한 산들만 끝도 없이 이어져 있었던 게 너무도 어이없어 엉엉 울어버렸던 기억이 난다.   _척판암에서

왕성골에는

사월까지 첩첩
눈이 쌓이고
칠월부터 하나둘
낙엽이 지고,

시월에도 씨릉씨릉
매미가 울고
12월 1월 사철 철철
개울물이 흐르고.

주신 책 오래오래 간직하면서 읽겠습니다.
복잡한 서울에 사는 저로서는 가끔
정 선생님의 조용한 생활이 그리워집니다.
산은 봄을 안고, 꽃과 새들과 푸른 잎사귀들이
노래를 부르겠군요. 하늘과 땅 사이에 내가 서 있는
곳을? 나는 다시 한번 생각해 보려고 합니다.
 _서울에서 이준연 드림

봄동산

어제 내린 비에
    나무 나무 가지마다
    왁자하게
    돋아나는
    잎눈
    꽃눈,
빗방울 수만큼이나
많은
꽃망울
잎촉새!
    그 푸른
    나무의 눈망울들보다
    가슴엔
더 푸르게
피어나는
꿈 망울들……

_산여동에서

미루나무

나무도
미루나무는,
물빛 짙푸른
유월의 미루나무는,

출렁이는 강물,
강물결 같은 바람 소리.

─────쳐다보면
가마득히
구름도 걸려 있는,

늘 ─────
푸른 깃발
펄럭이는
하늘 한 자락.

내 어릴 적 꿈이요 기상이었던 미루나무는,

지금도 그 푸르름 그대로, 거기 그렇게 서 있구나.

늘 물소리 바람소리 그 푸른 몸짓으로……

_거조암에서

정석영 선생님

보내주신 동시집을 고마운 마음으로 다 읽었습니다.

그렇게도 맑고 깊고 순수한 정신을 담은 시집을

처음 보았습니다.

　다 읽고 난 뒤에 저절로 마음이 맑아지고 정신은 순백의

상태로 원점으로 돌아가는 그런 시들이었습니다. 동시 아

니면 그런 세계를 찾기도 어렵고 유지하기도 어려울 것 같

다는 생각이 듭니다.

　우리집 아이들에게 시의 교과서로 삼아 가르쳐 보겠습

니다.

참으로 고맙습니다. 선생님의 존재에 대한 감사입니다.

더욱 정진하시를 빌며 감사의 인사말씀 드립니다.

_남해군교육청 문신수

여름산

청자 물빛으로 여문
초록 바다에
휘익————
바람이 파도를 일으키면

————쏴아 와르르
아름으로 밀려오는
물결소리들……

어느새
땀방울이 가시고
먼지가 씻기고

파랗게
가슴 파아랗게
출렁이는
산, 산자락들.

산은 항시 마음을 열어놓고 텅 빈 가슴으로 살아가고 있다. 그래서 작은 산새 한 마리, 풀꽃 한 송이까지 그 품안에 안겨 제 모습, 제 소리를 키워가며 살아갈 수 있는 것이다. 더러는 우거진 숲그늘 아래 조그맣게 제 자리를 잡고 조용히 하늘을 우러르는 난의 청아淸雅한 눈빛이 있어서 또한 좋다. 조촐하면서도 초라하지 않고 의연하면서도 함께 어울릴 줄도 아는 너그러움이 있어 더욱 좋다. 나도 청고淸高의 뜻을 가꾸는 한 포기의 난이고 싶다. 가슴을 열어놓고 살아가는 말없는 산이고 싶다.

훌훌이 떠났다가도 다시 오면 엣정 같은
넉넉한 그 품안에 감아 안긴 산자락 속은
어머니 숨결이던가 소소한 저 바람 소리

꼭 어느 산이 아니더라도 내가 살았던 곳은, 그것도 어렵게 혼자서 산 데는 더욱 그러한 정이 깊다. 어쩌다 시정(市井)에 나가 며칠 머물기라도 할 때면 아슴한 먼 시야로 거무스름한 첩첩 산빛이 들어올라치면 어쩌지 못하는 아련한 향수에 흠씬 젖기도 한다.

_척판암에서

가을산

빨갛게
노랗게
노을이 핀 동산에

파란 하늘이
시리도록 내려와 앉으면
둥실 피어오르는 꽃구름 나라

하늬바람 수르르
재 넘어 오면
소소소 수수수 산가을 소리……

툭, 투두둑,
아람부는 가을을
다람쥐 아름 아름 주워 나르고.

동심은 불심이요 천심이며 또한 인심이란 것을 확인하게
되었습니다. 누구에게나 울림이 크리라 여겨집니다. 특히
인상 깊었던 시는 "호수 2, 산개울, 비 갠 아침, 가을산, 옹
달샘, 개구리, 꿈나라, 어머니, 한자리" 등이었습니다. 감사
합니다.

_손동인 합장

보다
넓은 꿈을
지니기 위해
높이 높이 솟아올랐습니다.

깊은 계곡을
만들기 위해서
능선도 주욱죽
뻗어 내렸습니다.

소나무는 소나무답게
떡갈나무는 떡갈나무답게
제 모습으로……

개울물은 개울물대로
산새들은 산새들대로
제 소리를 키워갈 수 있게

산은
마음을 비워 두었습니다.
가슴을 열어 놓았습니다.

비워둔 마음속에
열어놓은 가슴속에

봄 여름 가을 겨울이
서로 손을 맞잡고
둥그런
해바퀴를 만들어 가고 있습니다.

마음을 비워 두고 가슴을 열어 놓았기에
온갖 저대로의 모습과 소리를 키워 갈 수 있는 산,
그러한 산의 가슴에 안겨 살아온 지 어언 수십 년.
나는 얼마만큼 산을 닮아 왔는지.
빈자리를 키워 왔는지……
한번은 윤 선생이 찾아와서 길가에서 주워놓은
돌멩이를 보고서 참 좋다며 갖고 싶어 하는 것을 들려
보내지 못한 게 두고두고 마음에 걸린다.
_초야원에서

산은 그렇게

높고 깊은 산속엔
겨울 봄 여름이 함께 산다.
골짜기부터 파랗게
새잎이 돋아 중턱에 오르면

기슭은 녹음 짙은 여름이 되고
꼭대기엔 아직
나무들이 꽁꽁 한잠을 잔다.

깊고 높은 산위엔
여름 가을 겨울이 함께 산다.
산마루부터 빨갛게
단풍이 들어 산허리쯤 내리면

꼭대기엔 앙상한 나뭇가지
겨울이 오고
기슭은 아직 푸른 그늘
쓰르라미가 운다.

밤 길

달 빛 이   주 룩 주 룩

산 마 을 이   멍 멍 멍

경주 기림사. 버스로 안동리에 내려 기림사까지는
개울을 따라 시오릿길을 걸어야 했다.
개울길은 산길보다 마딘 법이다.
달빛을 밟으며 가도 한참을 가야하고,
상념에 젖어도 느슨히 젖을 만한 시간이었다.
밤도 이슥하다 보니 간간이 개 짖는 소리만 드릴 뿐,
적막강산을 홀로 밟아 가는 밤길 또한 운치가 있다.
기림사는 경주, 감포, 포항 그 중간의 첩첩산
깊은 골에 위치한 신라 고찰이었다.
  _초겨울의 기림사에서

산에
산에
산에는
나무들이 자라고

산에
산에
산에는
개울물이 흐르고

산에는
산에는
하늘도 더 푸르고

산에는
산에는
구름도 뭉게뭉게

――산에는

새소리

바람 소리……

나도 그렇게

산에

산에

사노라네.

후미지고 가난하여 비어진 상원암을 셋이 들어가 살 때였다. 집채보다 큰 바위 밑 둠벙 샘물에 개구리들이 너무 우글거려 들통에 잡아넣어 저 아래편 큰 개울에 갖다 넣어주고, 널직한 반석에서 휘휘 둘러보노라니 울울창창한 나무들과 미끄러지듯 흐르는 개울물과 올려다보면 뭉게구름 둥둥 흘러가는 파아란 하늘과 나― 그 속에서 시 한편 건져 올린 게 그런대로 단순하고 고졸해서 정감이 간다.

초반 두 연은 세상에서 산에 대한 그리움, 중반의 두 연은 산생활의 풋풋함, 후반 두 연은 회고의 영상으로 곡을 붙일 만한 가사가 되지 않을까 싶다.

_90년 여름 상원암에서

옹달샘

방울물 똑, 똑, 작은 옹달샘.
구름도 떠간다
하늘 고였다
누가 띄운 조각밸까 단풍잎 하나
물결 타고 동동
하늘을 가면
온 세상을 다 담은
바다가 된다
돌틈새 똑, 똑, 작은 옹달샘.

맑고 조촐한 삶을 살다보면 마음은 어느새 단순하고 명료
해져 한 줄기의 풀, 한 방울의 물에서도 드넓은 세계가 열려
오고 진정으로 가난한 자, 곧 빈 마음을 길러가는 이는 가없
는 복을 갈무리한 채 조촐한 복만으로 살아가는 사람. 청빈
의 도를 즐기는 사람.
_1976년 가을 척판암에서

꽃개울

돌돌돌 돌돌돌돌 노래소리 나더니만
　두웅둥 두웅둥둥 구름 싣고 가더니만
　　잘잘이 여울진 물자락에 아울대는 꽃그림자

스님, 淸流山房에서 만난 천성순이예요.
스님의 그 해맑은 동시들을 읽고 있노라면
나는 더 순수한 아이가 되어지는 것 같아요.
나는 언제까지고 착하고 순수한 아이일거라고
오월의 라일락나무 그늘 아래서 다짐하곤 했던
그 아련한 추억도 기억해요. 저는 순수한 것들을
사랑하고, 눈물을 사랑하고 가난을 사랑하며, 나의
순진한 동무를 사랑하고 어린날의 어머니를 사랑해요.
그리고 스님이랑 스님의 그 해맑은 동시들도 사랑합니다.
비 내리는 푸른 언덕에 풀꽃으로 피어나 스님의 맑은 하늘을
기다리고 있을 거예요.
　_천성순 올립니다

하늘 안에는
해와 달이 살고
별들이 살고
지구가 살고

지구 위에는
나무들이 살고
짐승들이 살고
사람들이 살고

사람들 중에는
그 숱한 사람들 중에는
내가,

내가 살고 있어서
우주를 담고 있구나
모든 걸 담고 있구나.

간밤에 촉촉이 비를 뿌려 더욱 쾌청한 아침, 새로 갈아 끼운 하늘에 맑은 햇살이 찬연히 뿌려지고 있다. 개울가 풀숲 사이로 갖가지 흰 꽃들은 축복처럼 피어나 있고 아침나절, 한가롭게 마당에 풀을 뽑으며 유유히 흘러가는 구름을 바라보며, 참으로 의미 깊게 이 날을 맞이하고 있었다. 저녁때, 수연심과 민화가 각기 저대로 예쁜 연등 한 개씩을 만들어 왔다.

초가 추녀 양끝에다 만월처럼 등을 달고
뜨락에 자리 펴고 셋이 둘러앉았으니
부처님 오신 이 날이 이렇게도 소담하랴.

내가 살고 있어서 우주를 담고 있구나.
우리는 부처님 오신 이날을 통해 참으로 귀한 생을,
하늘 위와 하늘 아래 홀로 높은 나를 얻어 새롭게 태어난 것이다.
_82년 초파일 초야원에서

하나

둘

셋

넷

바람의 구령 따라

둘

둘

셋

넷

나란히 나란히

체조하는

담배모 고 꼬맹이들

시집출간을 위해 상경할 때 어느 들녘에서 체조하는 담배모 꼬맹이들의 그 귀여운 모습들을 한편 더 주워 담아 올라갔다.

아가야

봄볕이
소복이
울안에 고여

하얗게
하얗게
목련꽃 피었다

목련꽃 같던
목련꽃 같았던

아가야,
우리 아가야.

정 선생님 시는 아침 햇살에 빛나는 이슬방울보다 맑고 고
와서 늘 사랑을 받아왔는데 한자리에 모아놓고 나니 이 얼
마나 보배스러운지 참으로 기쁘기만 합니다. 우리 집 아이
들도 서로 다투어 읽고 있습니다.   _광주에서 김삼진

호수 (1)

퐁당!

호수에
한없이
한없이
펴져 가는

동그란
물무늬.

구름도 뭉얼뭉얼
산도 너울너울

호수도
동그라미 속에
사르르 가라앉아

마알간
하늘이 된다.

봄이 무르익는 이때 옥체 만안하십니까.

보내주신 시집 받고도 인사가 늦어져서 죄송합니다.

수도하시는 틈틈이 이처럼 좋은 시집을 엮어내신 데 대하여

우선 축하의 인사를 드리고 싶습니다.

'한자리'는 깊은 뜻이 깃들어 있는 것 같아

두고두고 읽어야 웬만큼 뜻을 캐낼 수 있을는지

되풀이해 읽어 가기로 했습니다.

다들 깊고 맑은 시들이어서 아끼고 싶습니다만

특히 호수의 시편들은 잔잔한 감동을 일으키는

아름다운 작품이었습니다. 조금도 과장이 아닙니다.

제1회 한국동시문학상을 타신 게 결코

우연한 일이 아니라는 생각이 듭니다.

내내 건승, 건필을 기원합니다.

_이동운

호수 (2)

바람이 잠자는 날
호수도 잠을 잔다.

들여다보면
화안히
꿈이 보인다.

산 뿌리에
돋아난
산,
산 아래로
구름이 가고,

구름 아래
깊숙이 깔린
하늘 멀리서

—— 뻐꾸욱!
여름이 온다.

하얀 눈이 곱게 쌓인 산이랑 들을 뛰어다니다 왔더니
반가운 편지가 와 기다리고 있네요.
아마 흰 눈이 가져다주었나 봐요.
아까, 산에서 나목을 기억하려 했지만 연연한 그리움이
담겨 있었다는 것밖엔 생각이 안 나네요.
다음번 편지하실 때 적어 보내주셨음 좋겠어요.
해거름 때 빈 들판을 지나오면서 줄곧 스님 생각만 했어요.
방금 베껴온 시들을 읽었어요. 헤어질 때와
비슷한 아픔이 가슴에 와 닿았어요.
특히 한자리는 얼마간 '나'로 있다가 다시 헤매임을
되풀이하는 나에게 하나의 디딤돌이 되고 있어요.
용연사에서 불과 이틀을 함께 지냈건만 이렇게도
가까웁게 느껴지는 것은 무엇 때문일까요?
이 글을 다 쓰고 나서 또 한 장의 편지를 써야겠어요.
2학년 때 다투고 나서 아직껏 말없이 지내는 친구에게요.
집착하지 않고 사랑하기 위해 노력하겠어요. 안녕.
　_현경 올림

호수 (3)

호수에
조용히
어둠이 들면

하나
둘
별들이 내려

총   총
　총
등댓불 켠다.

남쪽 나라
아늑한
밤바다가 된다.

다보사를 오르내리는 길 아래

어느새 개울물은 모이고 모여서

바다만큼이나 드넓은 현경이의 호수를 이루고 있었다.

어둠이 깊어지면 등댓불 깜빡이는 밤바다가 되어,

아늑한 남쪽 나라로 뱃길을 틔워 주기도 하고……

깊고 넓은 호수는 오히려 물결이 잔잔한데,

한 소녀의 가슴이 저 푸른 호심보다 깊은 것인가.

_79년 초여름 다보사에서

호수 (4)

방울방울
빗방울이
고이고 고여서
해종일 고여서

조올졸
실개울이
모이고 모여서
밤새도록 모여서

해종일 고여서
밤새도록 모여서

푸르름이 켜로 쌓인
마알간 호수가 되어

~~~~~~~~~~

~~~~~~~~~~

하늘 가득 담아 놓고
구름 둥둥 띄워 놓고

새해 아침입니다.
동녘 하늘을 곱게 물들이며 축복이나 하듯
맑고 포근한 아침입니다.
올해는 스님의 크신 뜻, 깊은 마음을 담은 시집이
세상에 나와서 모든 사람들의 삶의 길잡이가 되어주기를
두 손 모아 기원하며 정성을 다하고 있습니다.
이 아침, 그리도 잔잔한 스님의 호수에
한참동안이나 마알가니 잠겨 있었습니다.
몸과 마음이 텅 비어버린 듯 해맑게 헹구어졌습니다.
그러나 그런 자리에서 문득 되돌아보면
본래의 나를 보게 된다는 스님의 가르침을
저희는 어느 때나 체험하게 될는지요?
언제나 맑고 고요한 나날 되시고, 평안하옵소서.
  _신홍 배상

호수 (5)

어제
저쪽 끝으로
수없이
수없이 밀려가던
물결이

오늘은
밀물 되어
출렁이며, 출렁이며
달려오는
푸른 바다여!

온라인상으로 뵌 잔잔하신

스님의 이미지를 늘 그려보고 있습니다.

지난주 일요일, 우연찮게 남도관광차에 올라

구례까지 다녀오게 되었습니다.

안내표지판에 갈림길 표시로 하동이 보여

스님 생각이 많이 났습니다.

지난번에도 성짓골 방문을 앞두고

갑작스런 일이 생겨 다음 기회로 미루었는데…

섬진강을 따라 지나가다 보니

섬진강을 경계로 하동이 인접해 있던데,

단체관광인 까닭에 개인적으로 어찌할 수도 없고

여간 아쉬운 게 아니었습니다.

저는 남쪽지방은 처음이었는데

여간 아름다운 곳이 아니라는 걸 알았습니다.

다음에는 시간적인 여유를 갖고

우리 스님 찾아뵐 날을 기약하며 되돌아왔습니다.

 _부천에서 문순현 올림

호수 (6)

새벽이 오기 전에
사람들은 아직 자고 있을 때
가만히 호숫가에 나가 봤더니

호수는 가슴을 열어놓고
잘랑잘랑 물결을 일구고 있었다.

이 세상 온갖 근심, 괴로움들을
다 어이나, 어이하나……
생각에 잠기고 있더구나.

———●———

서울 불광사에 하루를 묵으면서 이른 새벽,
옛날 석촌호의 그 어슴푸레한 가로등 불빛 아래
잠들지 않고 일렁이고 있는 호수의 수면에서
순간, 제불보살의 크신 자비가 어려 왔다.
호숫가를 거닐며 거닐며 그분들의
그 가없는 은혜를 생각다가 시 한편 건져내 놓고
새벽과 함께 글썽이며 글썽이며 먼동이 텄다.

호수 (7)

비 그친 뒤,
잔물살 하나 없이
자우룩이
안개 속으로 포옥 잠겨든
호수의 물거울에
한참 동안이나,
아주 한참 동안이나 말갛게
마음 헹구고 돌아나오는데,
잔가지마다 촘촘히
방울방울 눈물을 달고 선 채
가만히 제 모습을 들여다보고 있는
그 아기 버드나무의 꿈.

평소 지면에서 정 선생님의 시를 아껴 읽었습니다만, 이렇게 시집으로 형성되고 보니 참으로 훌륭합니다. 가슴을 두근거리며 감탄하며 읽곤 했습니다. 어느 뉘보다도 맑고 깨끗한 시심에서 우러난 시라 여겨져 거듭거듭 새겨 읽고 있습니다. 감사합니다. _전북 완주에서 허호석 드림

바닷가에는

온종일
소리소리
파도소리
우레 소리

－－－쏴아 와르르
와르르 쿠웅－－－

바다 너머
하늘 저쪽
먼 바위섬
물새들이 불러 보낸
노래 소릴까……

－－－쏴아 와르르
와르르 쿠웅－－－

가슴에

아름 아름
안겨오는 푸른 바다
푸른 노래들……

보내주신 시집 '호수에 달이 떠서'는
마치 떠나온 고향의 노을 같아서,
어느 깊은 산사의 한지 바른 창으로 스며들던
잘 익은 햇살 같아서 오래오래 절감하며 읽었습니다.
그리고 초벌 구이한 붉은 토분 몇 개를 사다가
군데 군데 스님의 싯귀를 적어 두었지요.
지금도 책상 위 연필꽂이 구실을 하는 그 토분을
빙빙 돌리며 '바다'를 읽고 있습니다.
저는 두 아이의 엄마이고 살림 잘 하고 동화 쓰고
수채화 배우고, 그보다는 그보다는
부처님을 흠모하는 사람입니다.
스님! 성큼 가을 앞에서
언제나 맑고 고요한 나날 되십시오.
　_동화작가 백승자 올림

바다도 더러는

바다,
그 바다도
더러는
그리울 때가 있나보다.

구름도
하늘까지도
한품에 안고

설렁설렁
푸른 물결
넘실대다가

쏴아－－－와르르
허옇게 일어서는
그리움으로

갯가까지 왔다가는

츠르륵 ——
돌아가고,

그래도
못 잊어
또 달려오는

바다도
더러는
뭍이 그리울 때가 있나보다.

———— ●

　꿈만 같던 스님과의 재회의 시간을 정말 잊지 못할 것 같습니다. 그러나 내일 스님과의 이별을 마음 아파하지 않을래요.

　이별은 또 다른 만남의 기약을 가져오게 될 테니까요. 스님은 모습에서만도 풍겨나는 향기가 있어요. 그윽하고 맑고 청아한 향기. 어쩌면 그 향기를 못 잊어 스님에 대한 여운이 많이 남았는지도 모르겠습니다. 아아, 꿈에도 그리던 스님과의 만남! 요 며칠은 참 많이 행복했었습니다. 오랜만에 가져보는 평온함과 따뜻함으로 온통 그 속에 포옥 싸여 있었습니다.

그때, 스님을 덕운사에서 잠시 스쳐 뵈옵고 나서 열심히 부처님께 기도했던 5개월의 시간이 이렇게 스님을 다시 뵙게 해주었습니다. 그리고 스님은 제게 새로운 삶을 주셨습니다. 열병처럼 앓던 아픔들이 씻은 듯 나아지고, 누구를 원망하던 마음도 말끔히 사라졌어요. 앞으로 저의 간절한 바램은 월아정도 스님처럼 해맑은 마음으로 세상 모든 것들과 친구 되어 시로써 이야기할 수 있는 그런 마음을 배우고 싶습니다.

스님, 새해도 복많이 받으시고 항상 건강하셔야 돼요. 그리하여 스님만이 지니신 그 향기와 자비로우신 손길로 저와 같이 힘들어하고 아파하는 이들에게 희망과 용기를, 그리고 세상 살아가는 의미를 가르쳐 주셔야 해요. 저 월아정 또한 스님께서 지어주신 이름의 이미지대로 맑고 아름답게 제자리로 돌아가 세상일에 충실하며, 거룩한 부처님 법 따르며 착하게 살아가겠습니다.

스님 존경합니다. 한없는 너그러우심에,

그 따뜻한 손길에 추위를 잊을 수 있었습니다.

다시 뵈올 그날까지 스님, 건강하세요.

_월아정 올림

봄이 오면 다시 만나자

산골짝에 돌돌돌 물이 흘러요
물무늬 잘랑잘랑 눈웃음 지으며
온종일 돌도르르 노랠 불러요
혼자서 아가처럼 노랠 불러요

산골짝에 돌도르르 물이 흘러요
별무늬 반짝이는 눈빛을 하고
밤 깊도록 도란도란 얘기를 해요
엄마처럼 옛날옛날 예기를 해요

깊은 산속, 왕성골 개울물은 저 혼자 엄마가 되고 아가가 되어 노래 부르고 얘기하며 언제나 그렇게 내 안에 자리하고 있었다. 정말 이름 그대로 풍성한 골짜기였다. 산이 그렇고 개울이 그렇고, 달빛도 그렇고 눈발도 그렇고, 밤이면 소나기 지나가는 듯한 물소리가 또한 그러했다. 정든 산이며 개울물, 잠든 나무들까지 왕성골 나의 벗들 모두에게 「봄이 오면 다시 만나자」 마음속 언약을 하고 대구 용연사로 내려간 뒤였다. 나로서는 뜻밖의 일이어서 상 받을 사람은 나타나지 않은 채 축하객들만 모시고 한국동시문학상 시상식이 거행됐더란다. 죄송하기 그지없는 일이다.

_강원도 왕성골에서

강물은 흘러서 바다로 가고

깊은 산속 풀숲 사이 '조용히 하늘을 우러르는 눈빛' 아기 옹달샘 하나가 태어났습니다. 풀꽃들은 신기한 듯 고개를 숙여 들여다보고 있고, 산새들도 포로롱 날아와 날갯짓을 익히곤 하는 고운 나날들이 연이어 지나갔습니다.

그러는 사이에 아기 옹달샘은 조올졸 실개울로 흐르기 시작했습니다. 그렇게 흘러내리던 실개울이 이젠 제법 돌돌돌 노래까지 곧잘 부르는 산골물이 되어 있었습니다. 그리하여 산골물은 구름배 타고 한나절을 건너기도 하고, 꽃이파리 하나 띄우고 하루 내내 달려가기도 했습니다.

그렇게 날이 가고 달이 바뀌는 동안, 개울물은 쉬지 않고 다시 동그란 연못으로, 파아란 호수로 모여들게 되었습니다. 거기서는 오래오래 힘을 모으고 마음을 키워 갔습니다. 호수는 마침내 하늘을 가득 담아놓고 구름까지 둥둥 띄워두게 되었습니다. 그렇게 넉넉한 마음으로 살아가는 동안 봄이 가고 여름이 왔습니다.

드디어 오랫동안 호수로 모여 있던 물줄기들은 다시 온 들녘의 논밭들을 향해 흘러 들어갔습니다. 흘러가면서 쑥부쟁이며 민들레 뿌리에도 가는 물줄기를 이어주는 일을 잊지 않았습니다. 여름내 땡볕 아래서 푸성귀를 가꾸고 낟알을 익혀 내었습니다. 그러고는 가을이 올 무렵부터 물줄기들은 다시 시내로, 강으로 모여들기 시작했습니다.

그렇게 골골마다 흘러내린 개울물들이, 들녘마다 거쳐나온 물줄기들이 모두 함께 강물로 만났습니다. 아득히 수백리 길을 흘러 내려온 강물은 마치 싸움터에서 임무를 마치고 돌아온 장수처럼 느긋해져 있었습니다. 느긋이 흘러가고 있었습니다.

강물이 드디어 바다에 잇닿은 하구에 이르러서는 거의 흐름을 멈추고 질펀하게 깔려 있었습니다. 그러면서 안으로 안으로만 흐르고 있는 듯싶었습니다. 차츰 강물은 어두운 바다 밑으로 빨려 들어갔었나 봅니다. 이윽고 갈매기들의 무도회가 벌어진 바다--아득한 수평선 위로 불그런 아침해가 솟아오르고 있었습니다.

파아란, 마알간, 때론 흐릴 적도 있는
그런 하늘을 닮으신 스님께!

꿈을 꾸었습니다.

고운 옷도 지어드리고 싶고
맛있는 음식도 만들어드리고 싶고,
시원하게 안마도 해드리고
손톱 발톱도 예쁘게 깎아드리고 싶고,
눈가에 맺힌 눈물도 닦아드리고
자장가도 불러드리고 싶습니다.

　"엄마가 섬그늘에 굴 따러 가면
　　　아기가 혼자 남아 집을 보다가
　　바다가 불러주는 자장노래에
　　　　팔 베고 스르르르 잠이 듭니다"

그러나 내 진정 절절한 그리움과 서러움은
더더욱 가슴에 꼭꼭 묻어두고 달래고 추스르며
홀로 가는 이 길이 지치고 외로울 때
하늘을 생각하렵니다. 파아란 나의 하늘을……
　_혜련정

3부
오솔길을 따라서

꿈나라

잠이 어디서
오나 보려고

이불을 꼭꼭
머리까지 덮고

두 눈을 똘방똘방
지켜보고 있는데

어느새 또 하나
동그란 세상

마을도 텃밭도 동산도
똑 같이 있어

까마득 잊어먹고
꿈속인 줄을

선생님의 동시집「하늘과 땅 사이에 내가」의 출간은 저에게 남다른 감회를 안겨다 주었습니다.

지난해, 저는 선생님의 '꿈나라'를 어느 아이들 잡지에서 너무나 감동적으로 읽었습니다. 저도 중학교 3학년 때부터 거기에 대해 상당히 오랫동안 끙끙 앓아 왔기 때문입니다. 분명 살아 있는 내가, 나를 의식할 수 없는 시간이 무려 8시간 이상이나 된다니, 잠에서 깨어난 게 신기하고, 영원한 시간과 드넓은 공간이 무섭고 아득하여 몸을 떨곤 했었습니다. 저는 그 시를 놀라움으로 읽고 난 뒤, 다음은 옛날의 전율을 반추하며 씁쓸해 했던 기억도 납니다.

그러나 저는 당장, 선생님을 뵙고 싶고 공감의 경험도 나누고 싶어 글을 올리려 했으나, 벼르고 벼르다가 게을러 오늘에 이르렀습니다. 주신 책 어디를 펴도 겁의 긴 시간이 오늘 이 시간에 압축되어 있음이 부럽습니다. 한 인간으로서의 존재가 종횡으로 그어진 가없는 시공 속에서 한 점에 불과한 것이고 보면, 선생님의 외침은 어떻게 그처럼 커 보일 수가 있는지 신기하기만 합니다. 선생님, 늘 건강하시고 또한 많은 사람을 구원하시는 눈과 손이 되어 주소서.

_최영재 드림

동그란 자리

동그란 하늘
한복판에
내가 서있다.

하늘 끝 멀리
어깨동무한 산들이
동그랗게 나를
빙 둘러싸 있고,

걸어가면
동글동글
따라오는 하늘

하늘도
땅도
나를 따라 에워쌓네
동그란 자리.

10여 년 전 이야기다. 내가 입산한 지 두 해째 되는 행자로서 경주에 갔을 때, 산도 둥그렇게 둘러쳐진 그리운 내 고향으로 돌아온 느낌이었다. 옛 이차돈 성사의 순교지였던 신라고찰 백률사를 참배하고 범어사로 내려갈 참인데, 가을 동안이라도 있다가 가라며 주지스님께서 마구 붙드셨다.

　거기서 법당 일을 도와드리며 금강경을 독송하고 있었는데 어느 날 '여래란 모든 법의 여여한 자리'라는 대목에서 번쩍 미증유사를 체험한 것이다. 여름은 지도知道 스님이 주지를 하시는 강릉 용연사의 토굴에서 지내고 내려오는 길이었다. 지도스님께 편지를 드렸더니 이내 들러주셨다.

　저녁 공양을 마치고 낮은 산등성이로 나가, 소슬한 밤바람을 맞으며 시내의 야경을 바라보고 앉아서, 주로 고금선덕禪德의 청담淸談을 들은 것 같다. "행자님! 이런 저녁의 정감을 오래도록 잊지 못할 것 같소." 몇째 위의 형님 같은 스님이신데, 어떤 위엄이나 격식 같은 건 훌훌 털어버리고, 오직 수도의 일념으로 사시는 분이셨다. 어느 불국토로 가셨는지 몇 해 뒤, 스님은 길을 가다가 별안간 세상을 뜨셨다고 한다.

　나의 행자 시절은 정말 호랑이 담배 피우던, 후한 때였는지 모른다. 저지난 여름에 동화사로 입산했다가 도망가서 이듬해 봄에 금오선사를 따라 다시 들어간 것이다. 당신의 상좌이신 주지(梵行)스님의 완강한 반대에 부딪혀 조실스님도 어쩔 수 없었던지, 천왕문 앞까지 따라 나오셔서 주머니 속에 접어 두셨던 지폐 몇 장을 꺼내어 내 손에 쥐어주시며 서운해 하시던 그 과분한 은혜는 여러 생을 두고 갚아야 할 소중한 인연이 아닌가 싶다.

　_75년 봄 척판암에서

외딴집 아이

깍깍깍
까치가 울었지
이른 아침.

누가 오실까?

···············
···············
·····················

산그늘이 온통
들녘을 덮어 버리자

석이는 그만
―― 엄마아!
울어 버렸다.

어느 날이었던가 광덕 큰스님을 가 뵈니 장정이 매우 깔끔한 시집을 건네주시며 그 중에 '한자리'란 장문의 시를 소리 내어 읽게 하셨습니다.

"내가 온 세상 주인이어도
내가 누군지 알 수가 없네요"

가슴을 두근거리며 다 읽고 나니, 스님께서 다시 말씀하십니다. 雲居스님의 시들은 기교가 없고 군말이 없고 현란한 논리가 없이도, 맑고 단순한 자연 그대로의 모습 속에 진실마니주가 여실히 드러나고 있다. 참으로 마음이 빈, 참으로 눈이 맑은, 참으로 감성이 따스한 이라야, 만인의 가슴을 맑히고, 천지만물의 고물고물한 미물 곤충에게까지 식을 줄 모르는 체온을 함께 나누는 그런 이라야 그 자리의 주인이 되는 법이다. 운거스님이야말로 세상에서 보기 드문 그 장본인일 것이다.

'雲居' 그 이름에 그 시가 어찌 그리도 어울리던지, 스님의 가슴속에는 맑은 개울물이 졸졸졸 흐를 것 같았습니다. 또한 그 말없는 시정이 한없이 부럽기도 합니다.

스님께서 그 진실되고 아름다운 시세계를 부디 여러 사람들에게 보여주시고, 또한 부디 부디 성불의 길에 매진하시기를 두 손 모아 기원드립니다. _불광출판부에서 권경희 올림

석이의 꽃밭

마당귀에
화판만한
내가 만든 꽃밭에
꽃씨를 심는다.

나팔꽃, 봉숭아, 해바라기……
씨알마다
꼭 꼭
꿈도 함께 묻는다.

피어날까……
지난해
엄마가 심은
……채송화, 맨드라미
꼭 고런 모습으로?

정말 그렇게
피어나는 날엔
나는 임금이 된다
꽃나라 임금님!

삽짝 밖으로
뛰어 나가지 않고도
누가 누가 오나
해바라기
망보게 하고.

— 꽃 하나만 따 줘.
순이가 와 조르면
내가 가꾼
꽃밭 일기
읽어 줄 테야.

스님께서 아직까지 저를 기억하시고 해맑은 시집을 보내 주신 것. 그 속에 담긴 시들이 너무나 깨끗하고 아름다웠다는 것…… 이런 점들이 저를 얼마나 놀라게 했는지 모릅니다. 또한 제가 오랫동안 그 맑은 동시세계를 까마득히 잊고 있었다는 것 때문에 많이 부끄럽고, 슬픈 생각도 들었습니다.

아무튼 스님의 시집을 읽으면서 어린 시절 소중한 기억들을 돌려받은 느낌으로, 반갑고 가슴이 벅찼던 것도 사실입니다. 어렸을 때, 눈이 내려 소복이 쌓인 위에다 운동화를 신고 동그랗게 돌려가면서 자국을 내서 꽃무늬를 만들곤 했었지요. 그걸 보면서 정말 예쁘다고 생각했던 그 소박한 느낌들… 정말 스님의 시집을 받고 많은 것을 생각해 보게 됩니다. 앞으로는 좀 더 순수해지고 많이 깊어지고 싶습니다.

스님, 조용한 산사에서 어린이를 사랑하는 마음으로 쓰신 시들로 하여, 어린이뿐 아니라 살기에 시달리고 지친 사람들 또한 스님의 시집을 읽고 제가 느낀 것만큼의 기쁨을 얻게 된다면 좋겠습니다. 스님, 앞으로도 좋은 시 많이 써주시길 바라면서 스님의 수도생활이 알찬 열매를 맺을 수 있게 되기를 기원합니다.

_정은주 올림

하늘 넓은 마음자리

들 끝에는
산이 있고

산 위엔
구름이 둥실.

구름 위에는
드높은 하늘,
하늘 저 끝은

생각해도
생각해도
－－－까마득한

하늘 넓은
마음자리.

저 남쪽바다 한가운데
저홀로 한라산-- 거기
바람 많고 돌 많고 여자 많은
그 둘레로 파밭 일구어 대대손손
목숨 붙여 살아온 섬 제주로만
여겨 왔는데
지도에도 산 하나뿐인
척박한 산비탈의 섬으로만
그려져 있었는데

아아, 그 섬엘 내가 와서 보니
산이 평원인지 들녘이 산인지
마냥 광활하기 그지없고
산정은 마치 내 어릴 적
고향마을 뒷동산 같기만 하여라
아아, 탐라의 섬 제주도여!
우리의 땅 천혜의 고장이여!

어디 어디의 명승고적지가 아니어도
남국의 상록수로 줄지어 선 가로수며
정원 속 도시 같은 마을들의 풍경하며
청록색 바다 위로 불어오는 바람결과
아득한 그 둘레로 가이없는 수평선이
저리도 가슴 파랗게 저며져 오는구나.

예로부터 거센 비바람과 모진 풍랑에
생존의 위협을 많이도 겪어오면서
오히려 삼무(三無)의 섬으로 지켜져 온
도둑 없고 거지 없고 대문이 없는……

그래서 늘 '혼저 옵서' '하영 먹읍서'
서로의 마음들이 한데 엮인
이 고운 하늘 아래
다들 그렇게 오래오래 누리오소서!
부디 그렇게 길이길이 복되옵소서!

주신 옥고를 거듭 읽었습니다. 정선생님 만나 뵙고 많은 애기 나누고 싶은 심정으로 내 가슴은 항상 설렁이고 있습니다. 더구나 선생님의 옥고를 읽고 난 뒤, 참으로 동감의 부분이 많기도 하지만 또한 잘 다듬어진 논리여서 더욱 흠모하고 있습니다. 하루 속히 만나뵐 날을 기다립니다. _대구에서 김기현 올림

개구리

날 수도 없다
물 줄도 모른다

누가 덤벼들면
풀쩍
풀쩍

풀잎 뒤에 숨어서
헐떡
헐떡.

요즘 아이들은 천사 같지만, 그때는 또래끼리 모여 해서는 안 될 짓만을 골라가며 했던 것이 여태껏 맘속에 가시처럼 걸려 있다. 거동 불편한 엿장수의 엿을 훔쳐가 엿장수는 땅바닥에 주저앉아 대성통곡을 하고. 거지를 보면 돌팔매질을 하는가 하면, 빈집에 들어가 잘 놀다가는 문을 부숴놓기도 하고, 정자나무 아래서 잘 쉬어갈 때는 낫으로 나무둥치를 쪼아놓고, 특히 그 순한 개구리를 보면 무고히 붙잡아서 뒷다리를 들고 팽개쳐 죽이곤 했던 회한이 뼛속 깊이 사무친다. 현행경 본심주에 의지하여 간절히 바라노니 부디 좋은 세상에 태어나서 죽음 없는 복을 누려가기를 간곡히 발원하는 바이다.

_76년 여름 거조암에서

나의 벗 덕구에게

어느 화창한 봄날,
다락골 마을은
전쟁이 지나간 듯
술렁이고 있었습니다.

온 동네 사람들이 둘러 모인 자리에서
웅이네 누렁이는
동회 앞 벗나무에 매달려
그만……

사람들은 만족스러운 듯
웃어대며
군침을 삼키고 있었고

마을은 온통
꽝꽝, 쾅쾅,
산울림으로 흔들리고 있는데,

웅이는 뜨락에서
눈물범벅이 된 채
쓰러져 잠이 들고

구름은 새하얀 날개 위에
멍울진 누렁이의 울음을 싣고
멀리멀리 날아가고 있었습니다.

　덕구는 초야원 시절의 아랫집 견공犬公이었다.

　그날도 내가 어딜 가는데, 10리길 정류장까지 떨렁떨렁
따라왔다가는 되돌아간 것이 그의 마지막 배웅이 된 셈이다.
눈에 익도록 초야원 뜨락에 와 앉아 있다가, 나를 찾아오는
손님들까지 반겨주던 너 덕구, 너는 평소 어린 것들과 힘을
겨루어 빼앗아 먹는 법이라고는 없었고 언제나 한 발 뒤로
물러설 줄을 알았으며, 댓돌 위에 놓여있는 신발을 한 번도
밟는 것을 보지 못한 그렇게 착하고 음전한— 이 셋집 뫼에
서 유일한 나의 벗인 너를 슬프게 떠나보내고 말았구나.

다시 내 어린 시절로 이어진다. 그날도 어른들은 장에 가시고 나와 누렁이만 남아서 집을 보던 날이었다. 외딴 우리 집은 그때, 누렇게 익어가는 보리숲 물결로 둘러싸여 있었는데, 누렁이랑 보리밭 이랑 사이로 숨바꼭질을 하다가 늘 밭골 언덕배기까지 달음박질쳐 달려갔다가는 문득, 오늘 장에 가서 강아지를 사온다는 엄마의 얘기가 떠올랐다. 집에 돌아와 누렁이와 같이 마당에 앉았다.

이제 누렁이와 함께할 날도 멀지 않았다는 생각이 드니 너무 슬퍼진다. 금빛 햇살은 울안 가득 빗줄기로 쏟아지고 있었는데, 누렁이의 눈을 들여다보니 눈물이 나려고 한다. 검둥이, 얼룩이, 흰점이… 다 그랬듯이 새 강아지가 어느 정도 낯이 익고 또랑또랑해지면 누렁이도 이제 사람들에게 잡혀가서 죽게 되는 것이다.

"누렁이야 우리, 깊은 산속에 들어가 아무도 몰래 너랑 나랑 오래오래 함께 살아가면 안 될까? 응, 누렁아!"

그러다가 그만 누렁이를 껴안고 한없이 엉엉 울어버렸다.
_82년 초야원에서

모기네 마을

아버님, 저녁상 차려놓을까요?

아니다 그냥 둬라.
후한 사람 만나면 포식하고 돌아올 테고,
모진 사람 만나면

한 방에 갈 터인데 뭘 하려고……

모기네 마을에선
저녁이면
전쟁터로 나가야 하나 봅니다.

. . . ●

정 선생님의 시집을 차근차근 읽어내려 가면서 시심의 깊
이에 흐르고 있는 마알간 스님의 모습을 보는 듯했습니다.
'너와 나의 한자리' 같은 시는 역사상 초유의 것으로서 의
식의 자리를 여의어야 다소라도 다가갈 수 있는 경지가 아
닌가 싶습니다. 옷깃을 여미며 다가가 보겠습니다.
내내 건승하시길 빕니다.   _부산에서 김용석 드림

땅에다
뿌리를 박고

하늘을 향해
하늘을 향해
뻗어 오르는

삶의
그 뿌리는
불씨로 타고 있는 듯.

좁쌀 싸리기 만한
먹이 한 입 구하기 위해
개미들은
능선을 가로질러
골짜기로
돌 틈새로……

나무도
메마른 땅에 선
나무는
목마른 듯
힘겨운 듯
누르스레한 저 모습들······

힘겨워
힘겨워도
삶은
저들대로
하늘땅보다도
소중한,

하나뿐인 목숨이기에,
눈물 같은 생명이기에.

뱀은 굴속에서 서리서리 똬리를 틀고

개구리는 땅속에서 두 눈을 딱 감고

고운 새 하늘의 봄을 기다리는,

각기 저대로의 터전을 잡고 저대로의 삶을

피워 올리는 ― 그것은 한줄기 바람이 아니어라.

한 가닥 연기가 아니어라.

그것은 영원히 꺼지지 않을 불씨이어라.

영겁의 시공(時空) 그 뿌리이어라.

그러기에 옛 말씀에, 세계가 있기 전에 일찍이 이것이 있었

고 세계가 무너진 뒤에도 이것은 죽어 없어지는 게 아니라

고 하시지 않았던가.

_1988년 신광사에서

82

우리들의 삶이란 게

피고 지는 꽃들 따라 가신이들 정이 어려
지는 해 뜨는 놀도 별로 아니 여겨져라
한 핏줄 이어진 애환이 별로 총총 뜨는 것을

앞뒷들 농사짓고 산자락에 뜸을 모아
아들딸 나기르며 초가지붕 박 올리어
둥그런 만월이 뜨면 송이송이 곱던 사연

허기진 배 채우려고 산열매와 풀뿌리며
가슴 파 자식 묻고 새벽 산을 내려오던
그 아픔 뼛속에 살아 꽃이 되어 피는 건가

우리는

세월의 길이는
하늘 끝 백천만 배인데

단군 할아버지와
요순시대 사람들을
한 역사 속에서 뵈올 수 있으니
우리가 그 때를 살아가는 거다.
그분들이 오늘을 살아가시는 거다.

우주의 넓이는
천백억 광년으로도
그 끝난 데를 비추지 못하리니,

금성, 지구, 화성은
이웃이지,
가까운 이웃이지.

동그랗게
옹기송기
모여 사는
우리는 지구 사람들

말은 틀려도
얼굴빛은 달라도
마음을 나누면
우리는 한 형제다.

기나긴 세월 속에서
그 넓은 우주 안에서

오늘, 우리
이렇게
함께할 줄이야……

── 아! 당신도 지구 사람이군요.
── 예, 나도 배달의 겨레입니다.

—— 오오! 우리 준이 장하기도 하지.
  어느새 제 애비만큼이나 컸구나.
—— 그래, 우리 희야는 예쁘기도 해라.
  이제 시집보내도 되겠구나.

준이는 씩씩하게 커서
장가들어 아빠가 되고,
희야는 예쁘게 자라
시집가서 아기를 낳고.

할아버지, 할머니는
사랑방과 함께 당신들의 그 자리를
고스란히 아버지, 어머니께 물려주시고
어디론가 먼 길 떠나가시고.

저희가 이제, 부모님의 자리를 물려받아
살림을 꾸려가며 아이들을 기르고,
어른들을 받들어 모시며

어른들의 뒤를 쫓아가고 있나니……

그것이 사람의 자식 된 도리라고,
사람 살아가는 이치라고는 하지만

이것이 길이라면
이것이 진정
삶의 길이라면

우리는 결국
어디를 향해서
끊임없이
끊임없이
가고 있는 것인지요?

"나도 그 자식들 길러 남들처럼 살아보겠다고 낮에는 남의 일 가고 달밤에 밭을 파면서 배가 고파 칡뿌리를 캐먹고⋯⋯" 절에 와서 풀이나 뽑아주고 남은 생을 살겠다며 찾아오신 남원 처사님의 구슬픈 이야기다. 생각하시는 것이 꼭 오래도록 함께 살아온 절집식구 같으셨다. 한번은 원주스님이 시장에 갔다가 케이크를 사왔는데 변질이 돼서 못 먹게 된 것을 "이렇게 맛있는 것을 나는 처음 먹어보는 건데 버리기는 왜 버리느냐?"며 당신이 다 드시겠다며 빼앗아 가는 것을 보며 참 민망스럽고 가슴이 울컥했던 기억이 난다.

당시 내 사형 되는 대일스님이 와 계시며 아미타불을 열심히 염불하고 있는 것을 보시고는, 남원 처사님도 짬이 나는 대로 낮이나 밤이나 열심히 '나무아미타불'을 지극정성으로 하고 계셨다. 그러기를 한 십여 일쯤 되었을까 싶은데, 밤중에 소변을 보러 나갔다가 서남쪽 하늘에 장엄한 황금빛 궁전들이 즐비하게 펼쳐져 있는 것을, 그것도 하루, 이틀, 사흘 밤을 연이어 보셨다는 것이다. 당신께서 왕생하실 그 정토세계를 확실히 보셨던 것이다.

참으로 극진하셨는데, 그러기를 두어 달이 되었을 때, 아무 데도 편찮으신 데도 없이 그냥 염불을 하시면서 가물가물해 하는 모습이셨다. 조용히 임종을 맞이해 드리려 했었는데, 아들이 찾아와서 막무가내로 데려가시고 난 뒤에 그렇게 짠한 여운이 오래도록 남아 있었던 것 같다.

1987년 신광사에서

쪽빛 하늘이 고울 때

아름다운 꽃들은 피었다 지고
무성하던 잎새마저 모두 떨어지나니
앙상한 가지 새로 쪽빛 하늘이 고울 때
숲 사이로 하얀 눈썹달 같은 옛길이 트이리니

허수아비

—— 야! 사람이다.
—— 아니야, 꼼짝 않고 있는 걸.

미루나무 숲에서
참새들이
떼 지어 날아온다.

바람이 쓰륵 ——
허수아비의 소맷자락을
흔들어 댄다.

—— 그것 봐, 내가 뭐랬어.
—— 가자, 가자!

허수아비는
바람을 날리고 서 있었지.

가을이 저물어

새들도 날아오지 않는
빈 들판을

허수아비는
시린 옷자락으로
구름만 날리고 서 있었다.

귀한 동시집 '하늘과 땅 사이에 내가' 잘 받았습니다.
우리 아동문학으로 불심에다 뿌리를 두고 독특한 동시의
세계를 펼쳐온 스님의 작품이 한 권의 책으로 나왔다는 것
은 또 하나 문학의 탑에 한 층의 돌을 얹어 높이가 커진 일
로 경사입니다.
운거스님의 시에 담긴 순진무구한 동심이라든지
간결하고 정확한 시어가 영채를 띄웁니다. 감사합니다.
  _부산에서 김상남 드림

어머니 (1)

−어머니! 엉엉
울어도
울어도
쓸데가 없어

나뭇잎이 우수수
지던 날 밤에
어머니는 달빛 타고
떠나시었다.

다시는 돌아오지 못할
머나먼
그 길 ————

언제 다시 뵈려나
그리운 모습
귓가에 살아남은
목소리, 그 목소리

낙엽이 지고
남은 빈 가지,
찬바람이 쌩쌩
몰아치는데

어머니는
집을 두고
어딜 가셨나……

구석구석 어머니의
손때 묻은 울안,
부엌이나 방안 어디
계시는 것 같아

학교 갔다 들어서는
대문간이면
왈칵 쏟아지는
그리움 하나

어슴새벽 잠결에서
깨어날 때도
어머니가 누우셨던

텅 빈 그 자리.

하늘엔지, 땅위엔지
구름 위엔지.
새로 가서 메꾸실
어머니 자린 ————

부엉이도 긴—긴 밤
'엄마' 우는지,
부엉 ————
———— 부엉
산도 따라 우는
산 메아리 밤.

어머니 (2)

고요한 밤,
물소리가 높아가고

새까만 밤,
별아기가 반짝이고

싸늘한 밤,
더욱 따사로운
어머니의 품안.

조용히 어둠이 내리듯

가만히 귀를 모으면
아련히 밀려오네.

자욱
자욱
어둠이 쌓이는 소리

재잘
재잘
별밭이 꽃피우는 소리.

조용히 눈을 감으면
어디선가 들려오네.

소록
소록
아기꿈 날개 펴는 소리

사박

사박

새날이 다가서는 소리.

저녁은 또 다른 한편으로 생의 마지막 같은
느낌이 들어 숙연해지기도 한다.
조용히 어둠이 내리듯 그렇게 홀홀히 떠나가신
옛 선사들의 행적이 선히 그려진다.

내일은 먼 길을 떠날 터이니 옷 한 벌 챙겨 오라며
시자더러 이르시고, 이튿날 새벽, 옷 갈아입으시고
지팡이 짚고 뜰 앞에 서신 채 먼 길 떠나신 일.

이번엔 꼭 모셔오라는 어명을 받고 왔다는 내시에게,
나는 오늘 밤에 또 다른 길로 갈 터인즉
그대는 먼저 돌아가라 보내신 뒤, 밤이 이슥해서
대중들을 모아놓고 작별을 고하신 일들……

4부
철따라 여무는 빛깔

새 해

구름이 날아가듯
한 해가 가면
하늘은 파랗듯이
배움은 쌓이고,

꽃망울이 맺듯이
새해가 열리면
푸르른 하늘 이고
피어날 고운 꿈밭.

바람이 지나가듯
나달이 가면
하늘이 높아가듯
자라는 슬기.

꽃잎이 피어나듯
계절이 여물면
드높은 하늘 향해
발돋움할 새날의 꿈.

그렇게 해가 바뀌고 하늘빛은 쌓여서 강물로
푸르러도 강물에 달 비치듯 어려 오는 그 모습들……
"날 저무는 하늘에 별이 삼형제,
　반짝반짝 정답게 비치이더니
　웬일인지 별이 하나 보이지 않고……"
그 옛날, 시골이었던 뚝섬 — 물결이 잘랑대는
어스름 강가에서 엄마를 기다리는 어느 꼬마랑
함께 젖어 부르던 노래.
그 예의 석굴암, 밀감이 참 귀하던 때, 밀감 한 개,
초콜렛 하나, 밤과자 몇 개를 한사코 내 손에다
쥐어 주고 간 부산서 왔다던 5학년 꼬마 소녀의
그 아련한 모습.
한번은 물이 불은 시내에서 잘 건너는 등굣길
아이들을 불러 세워
"모두, 스님 손잡고 함께 건너자, 위험하겠다."
아이들은 좋아라고 나란히 손잡고 건너는데, 내가
그만 넘어져 아이들의 옷을 죄다 적셔주었을 때,
그래도 울음 반, 웃음 반 투정으로 흘겨보던
그 티없는 눈빛들…
그때 그 아이들, 지금은 다들 학부모가 되어
그만한 아이들을 기르고 있겠구나.　　_신광사에서

배시시
피어나는
해맑은 입김

아직은 실가지에
푸른빛이 비치지 않지만
잎눈도
돋지 않았지만

꽃눈보다도
잎눈보다도
더 화사한 숨결이
흐르고 있네요.

실버들 가지에
개울물 소리에
우리들 가슴속에도

하늘로
하늘로
피어오르는
힘찬 맥박 소리가……

봄 오는 길목에 서면.

90년대 성은암 살 때였다. 권정생 선생께서 안표지에 한 면 가득 편지를 써서 동화집 한 권을 부쳐왔다. 몇 해 전에 새 집을 지어 들어갔다는 소문을 듣고 한번 찾아갔더니 선생 께서 반갑게 맞아주신다. 산기슭의 아담한 초옥이었다. 새 집 지어 들어와 사시니 좋으시겠습니다. "무엇보다 아플 때 소리 내어 앓을 수 있어서 제일 좋으니더." "스님의 시집 상 하권도 반갑게 받아 저녁마다 읽었니더." 한평생 불치의 병 고를 짊어지고 혈혈단신으로 살아 가시면서도 그리도 아름 다운 동화를 쓰시는 그 힘으로 버티며 견디는 분이셨다. 다 들 혼자서 사시는 분인 줄 아시겠지만, 가서 보면 강아지 빵 덕이, 토끼 달순이, 마루 밑 생쥐까지 해서 그렇게 함께 사 시고 있다는 것을 알게 될 것이다.
_1990년대 성은암에서

사나흘을 죽으라고
감기를 앓고 일어났다

햇살 바른 창가에 앉아
차 한잔 우려 마시자니

아, 어느새 삼월이었구나
수꾸기 울어 댄다

산굽이 돌아 돌아서
저만치서 울고 있다.

그러게요. 어느새 삼월이었군요.
고생하셨습니다. 스님의 시는 어느 것이든
그림이 선히 그려지네요.
_2013년 3월 5일 선혜심 합장

개구리 소리

달빛이 희뿌옇게 녹아내리고
바람도 잠이 든 깊은 산속에

개구리가 처음으로 울어대는 밤
풍성한 초여름이 아련히 피어

가까운 듯 멀어져 간 기억을 안고
꿈속으로 찾아가 본 옛얘기 마을.

오어사吾魚寺는 뜰아래 그득히 호심이 출렁이고
앞산 기슭을 가로지른 출렁다리는 호수 위로 찰랑이는,
그 모두가 그림 같은 정경이었다. 올려다보면 뒤로,
깎아지른 봉우리에 자장암이 제비집처럼 앉아 있고,
그 뒤 낮은 능선을 들길이듯 돌아가면 거기, 산죽이
파랗게 둘러쳐진 초가삼간─ 그곳이
또 한때 나의 초막이었다.
_80년 봄 산여동에서

모내기

논에는 물이 가득
물속에는 하늘 가득

개굴개굴 개구리들이
무논에서 모심었다

구름도 물속에 내려와
별빛 총총 모심었다

한아름 축하 올립니다.
좋은 작품 보여주시더니 주옥같은
상, 하권을 함께 내셨군요.
잔잔한 호수에 내 얼굴을 비춰보고 앉았는 듯
가득한 시심에 한껏 빠져버렸습니다.
오래도록 간직하며 읽고 또 읽고 공부하렵니다.
내내 건승, 건필을 비오며 감사의 인사를 드립니다.
_전주에서 윤이현 드림

여름 밤

별　　　별
　　별
총　　　총
──────── 밤하늘엔

총　　　총
　　총
별　　　별
──────── 얘기도 많다.

깔아놓은 멍석자리 별을 받고 누운 밤은
총총히 뜨는 별이 모두 저리 낯이 익다.
저 별은 장 마중 가는 초롱불도 닮았고,

정완영 선생의 이 '별밤' 하며 또 윤동주 시인의
'별을 헤는 밤' 그리고 김광섭 선생의 '저녁에'는
또 다른 자리에서 나를 만난 듯 정겹기만 하다.

풀밭에 누워
구름 한 점 없는
아득한
하늘을 바라보면

비어서
텅 비어서
눈이 부시다.

벌레 소리도
바람도 하나 없는
풀밭에 누워
소곳이
귀를 모으면

메어지게 들려오는
없는 그 소리.

보내주신 작품집『하늘과 땅 사이에 내가』잘 받았습니다. 표지조차 전혀 색깔을 넣지 않은 장정이 꼭 선생님의 성품 같기도 하여, 시들이 또한 그렇게 맑고 청아한가 봅니다.

"벌레 소리도 바람도 하나 없는
풀밭에 누워 소곳이 귀를 모으면
메어지게 들려오는 없는 그 소리"

를 듣고 계시는 선생님의 시정이 한없이 부럽습니다. 대단히 감사합니다.

_광주교육대학에서 장만석 배상

훈아! 무더운 여름,
그리던 방학도 됐구나.

아무리 더워도
산에 산에 나무들은
들에 들에 곡식들은
잘도 자라고,

산에는 산바람
들에는 들바람
시원한 바람 불어
피는 무궁화————

하얀 꽃은 하애서 예쁘고
빨강꽃은 빨개서 곱지.

훈아! 우리,
꽃 보며 살자
꿈 가꾸며 살자.

여름 긴 하루해가 지고 저물녘이 오면

그래도 인적이 그리운지

산모롱이를 돌아 마을로 들어서는 어귀로 산책을 나간다

거기, 묵은 못벌에 하얗게 하얗게 풀꽃이 피어 있다

그분들의 소박한 삶인지 해맑은 웃음인지

미풍에 살래살래 손을 흔들고 있었다

나도 거기 대좌하니 마침 먼-산 소쩍새 소리도

날아와 같이 앉는다

내 어릴 적 뽑아 먹던 삘기도 저렇게 자라

함께 하얀 손 흔들고 있다

모두가 스스럼없는 나의 한 이웃이다

더없이 아늑하고 평화로운 시간들이다

산사에서 나흘을 지내면서 산에서의 값진 삶을 배워갑니다.
스님의 시는 책상 앞에서 만들어진 시가 아닌 줄도 알았고요.
살면서 꼭 이런 시간을 가져가며 살아야겠다고 다짐합니다.
스님은 산길을 혼자 보내기가 염려스러웠던지 노랑나비를 저
아랫마을 어귀까지 배웅해 주기도 하였습니다. 스님 덕분에
이번 여름을 정말 잊지 못할 것입니다.   _박경숙 올림

환하게 총총
방울 같은 꽃등을 달고 선
겨울나무의 행렬
그 사이로 달려가는 버스가 있었다
불이 꺼진 맨 앞 창가에 내가 앉았다
꽃을 피운 겨울나무들을 보며 참 행복해 한다

마침 또 쳐다보니 낯익은 얼굴
보조개 진 웃음으로 화안히
조각달이 나를 내려다보고 있다
초롱한 눈망울의 아기별도 곁에 있었다
나도 반갑게 올려다보며 눈을 맞춘다
그렇게 우리 함께 가고 있었다

빌딩숲에 가렸을 땐 헤어졌다가
빌딩숲을 지나선 다시 만나고
그러다가 이제는
남산 터널을 한참동안 지나왔는데

조각달은 산 위로 달려왔는지
터널 어귀까지 먼저 와 기다리고 있었다
화안한 조각달과 초롱한 아기별과
그렇게 한강 다리를 다 건널 때까지
우리는 서로서로 마주보며 눈을 떼지 않았다

버스에 내려서 골목길을 걸어오고 있을 때
지붕들에 가려져 키 작은 아기별은 보이지 않는데도
조각달은 끝까지 내가 돌아오는 길을 지켜주고 있었다

편편이 넘쳐흐르는 에스프리의 톤이랄가 무르익은 시심의 깊이에 접하게 됩니다. 손끝에서 쓰여진 잔재주의 잡동사니들을 되돌아볼 때, 정 선생님의 시작 태도는 참으로 귀한 길이 아닐 수 없습니다. 자아에 대한 각성, 이는 인간형성의 으뜸가는 본질일 것입니다. 흔히 작품 속에 철학의 빈곤을 말합니다만 선생님의 시는 그런 걸 말끔히 씻어주기도 합니다.

살아가노라면 언제든 뵈올 기회가 있겠지요. 그때 못다한 이야기를 나누기로 하고 이만 필을 놓겠습니다. 내내 건승, 건필하시길 빕니다.

_대전에서 이서인 드림

창문에
달빛이 그린
예쁜 석류나무.

—— 야아 ! 그림이 살았다.
—— 동그란 석류도 열렸다.

달빛 화안한 창가 ——
빛물결이 출렁대는
아이들의
꿈밭엔

—— 가지마다
주렁
주렁
달이 열린다.

달빛을 먹고

꿈빛을 먹고
달같이
둥그런
석류가 익는다.

산 창에 밤이 깊어 달빛 더욱 투명하다.
댓잎에 시린 이슬 방울져 떨어질 때
잔잔히 호심에 어려 달무리로 피는 듯한

들국화 향기 뿌려진 산자락에 어느덧, 낙엽이 눈발처럼 날리고 있다. 그대들은 아무쪼록 건승하기를 바라며 이렇게나마 내 마음을 전하는 것이다. 첫째, 사람이 세상을 살아가는 데는, 많은 사람들이 걸어가는 넓은 길이 있기도 하지만, 소수의 사람들이 밟아가는 좁다란 길을 택해야 하는 것이다. 동서고금을 통틀어서, 현명하고 지혜로운 사람은 적고 우둔하고 어리석은 사람이 많은 까닭이며, 밖으로 덕德을 베푸는 이는 그래도 많은데 비해 안으로 도道를 기르는 이는 더더욱 드문 편인 까닭이다.

_90년 저무는 가을 월아산방에서

암자는 구름을 이고 조는 듯 한가롭고
갈빛은 날로 고와 번져가는 노을인데
뽀르르 다람쥐 한 마리 놀다 간 빈 뜨락

부처님 닮으신 스님 부처님처럼 앉았다가
착한 아기 왔다면서 주시는 머루 한 송이
까아만 알알에 서린 전설 같은 산내음

스님, 토굴에 가셔서 초연히 살아가시는 모습이 선합니다. 스님께서 떠나신 후, 가슴이 텅 빈 것 같은 느낌이 계속되고, 못내 그리움으로 남아 있습니다. 그 후 저도 화엄사를 떠났고, 조그만 암자에 잠시 머물다 광주로 왔습니다. 제가 이제 좋은 신부감(김정옥)을 만나 혼례를 올리게 되었습니다.

스님께서 간직하신 순수한 정신을 사랑하며, 저도 이제 앞으로 시작하는 새로운 삶 또한 순수하게 살아가고자 합니다. 혹여 지나치는 기회가 있으시면 꼭 들러주십시오. 차 대접 하겠습니다. _1993년 11월 6일 광주에서 진호 합장

토방 뜨락에서

오후 한때
토방 뜨락에서
바람결도 고운
저녁 햇살을 받고 앉았노라니
참 오붓하고 따사롭다

아, 고마와라
마냥 겨운 이 청복清福

저는 그 옛날, 할아버지와 함께
원두막에 앉아서 이야기를 나누던
오붓한 기억이 새삼스레 떠오르네요.
마냥 겨운 청복이 누려지네요.
_2012년 11월 7일 선혜심 합장

봄비인 듯 촉촉이 내리는 빗줄기 속에
아아, 샛노랑 잎새들이 젖고 있다

고즈넉한 외로움 같은 그리움인지, 진종일
가을산이 비안개 속에 묻혀 졸고 있었다

　존경하는 스님과 마스터님, 그리고 회원 여러분 정말 반갑습
니다. 부지런히 배워갈 수 있도록 자상하게 이끌어 주시기 바랍
니다. 그 많은 소중한 글들을 둘러보면서, 제가 아주 부자가 된
느낌입니다.
　소중한 인연과 보석 같은 가르침들…… 깨우침과 베풂으로 보
답하겠습니다. 제가 늘 구체적인 형태도 없이 막연히 느껴지는
갈증…… 그리고 물음표들…… 지금 이렇게 설레어하는 건 언젠
가는 그 물음표가 느낌표로, 그리고 말없음표로 바뀌게 될 것을
믿고 있기 때문입니다.
　스승님, 결코 서두르지 않겠습니다.
아주 조금씩 숨 가쁘지 않게 걸을 생각입니다.
내일도 그 내일도 그 자리에 산처럼 나무처럼 계실 테니까요.
_2001년 5월 12일 정서영 올림

118

가을이 가지 끝에서
놀빛 눈물로
주루룩
주루룩
쏟아지더니

나무는 엄마처럼
여윈 모습 하고서
다시
머언 새봄을
꿈꾸며 잔다.

떠나간 모든 것이 다시 그리워지는 12월의 한 끝에서 님의
시집 받고서도 이제야 글 올리게 되었습니다. 호수처럼 잔잔
하고 고요한 글들, 한바탕 울음이 쏟아질 것 같은 슬픔의 시
편들…… 조용한 산사에서 성결의 가슴으로 빚어진 글들 잘
읽었습니다. 새해에도 늘 그렇게 빛난 글 쓰시길 기원하며.
_어느 해 세모에 권명희 드림

눈　　　　　는

첫　　　　　오　　　　　날

눈　　　눈　　　눈　　　눈

눈　　　눈　　　눈　　　눈

눈　　　눈　　　눈　　　눈

눈　　　눈　　　눈　　　눈

눈　　　눈

눈　　　눈　　　눈

눈　　　눈　　　눈　　　눈

눈　　　눈

눈

눈　　　눈　　　눈　　　눈

一가　　없는　　하늘　　가득

눈 　　　눈 　　　눈 　　눈

눈 　　　　눈 　　　눈 　　　눈

　눈 　　　　눈 　　　눈 　　　눈

눈 　　　　눈 　　　　눈 　　눈

　눈 　　　　눈 　　　눈

눈 　　　　눈 　　　눈 　　　눈

　눈 　　　눈 　　　눈 　　　눈

눈 　　　눈 　　　눈 　　　눈

　눈 　　　눈 　　　눈 　　눈

영　　원　　의　　가　　습　　속　　에ㅡ

5부
너와 나의 한자리

너와 나의 한자리

〈한자리에 대해서〉

　고요한 마음으로 이치를 따라 살펴간다면 살피지 못할 이치가 없고, 맑은 눈으로 근원을 찾아 돌아간다면 돌아가지 못할 근원이 없는 법이다. '한자리'란 뭇 생명의 일편심(한마음 자리)을 가리켜낸(指出) 것으로 —— 지출군생일편심(指出群生一片心)이란 것이다. 군생 개개의 실체가 우리 모두의 한마음 자리이고, 나와 대상, 현상과 본질 그 전체가 바로 나의 한자리인 것이다. 그것은 스스로 마음에 분별을 일으키지 않으면 무한한 시간과 공간이 본래로 나의 현상계이며 나의 작용처이기 때문이다.

　극진한 마음으로 '한자리'를 통하여 그러한 삶으로 접근해 간다면 거듭거듭 새로운 삶으로 태어나게 된다. 홀연히 산이 다하고 물이 다한 자리에 이르러서야, 하늘도 땅도 거기서 태어난 그 자리를 보게 될 것이다.

萬別千差歸盡方寸 一眞大道脚下了然

　천 가지 형태와 만 가지 차별을 마음속에 쓸어 다해 버리면 만고에 변함없는 일진의 대도가 발아래 분명하리라.

_90년 여름 성은암에서

124

1. 〈指〉

하늘이 없었다면
온 누리 가득
땅이었다면

땅은 있었어도
새싹 하나 자라날
틈이 없었을 테니,

태양이 있었다 해도
빛을 뿌릴
공간이 없었을 테니,

세상은 그대로
어둠이었겠지요.

세상은 그대로
죽음이었겠지요.

2. 〈비〉

텅 빈 하늘이었기에
하늘은
모든 걸 담을 수 있었습니다.

이 엄청난 땅덩이를
해와 달과 별자리를
꽃무리로 펼쳐 놓았지만,
하늘은
하늘은 끝이 없었습니다.

하늘은 하늘대로
땅은 땅대로
제 모습을 드러낼 수 있었습니다.

하늘은 땅과 함께
땅은 하늘과 함께
서로 손을 맞잡고
살아갈 수 있었습니다.

拂開古佛三千界 指出群生一片心

고불의 삼천계를 열어젖혀서
만중생의 본심체를 드러냈으니
실로 몸 밖에 마음이 없고
마음 밖에 대상이 없나니

거울속의 영상이 거울빛이듯
만상삼라가 '한마음'임을 깨달아
둘 아닌 자리를 굴리어 가야만
영원히 무생락을 누리게 되리

3. 〈群〉

땅이 있기 전에는 하늘이 아니었습니다.
빛이 태어나기 전엔 어둠도 없었습니다.
땅과 함께
펼쳐진 하늘,
빛과 함께
생겨난 어둠
이 〈네 가지 큰 힘〉이 모여서
태양이 되고
지구가 되고
달이 되고, 별이 되고……
온 하늘, 땅 —— 살아 있는 우주가 되었습니다.

태양이 찬란하게 빛과 열을 뿌렸습니다.
지구가 돌기 시작했습니다.
낮과 밤이 나누어졌습니다.
계절이 생겨났습니다.
바람이 불어옵니다.
구름이 일어났습니다.

비가 되어 내립니다.

눈이 내려 쌓입니다.

강이 되어 흐릅니다.

바다가 되어 넘실거립니다.

산과 들에는 풀과 나무들이 자라났습니다.

강과 바다에는 물고기가 생겨났습니다.

뭍에는 온갖 짐승들이 태어났습니다.

넓은 세상엔 숱한 사람들이 살아가게 되었습니다.

하늘과 땅 사이에 내가 살고 있습니다.

하늘땅이 태어나기 전,
하늘 땅 그 자리에
죽음 없는 내가
살고 있었는데 ———

정말 알 수가 없습니다.

수없는 세계들을 담은
끝없는 하늘이
가물하게 가로로 펼쳐져 있는,

까마득히 먼 세월을 꿰뚫은
한없는 시간이
아물하게 세로로 이어져 있는,

그 한복판에
조그만 나로
꿈처럼 살고 있는 것을.

아무도 모를 일입니다.
이 끝없는 공간이
이 한없는 시간이
내 자리에서 펼쳐진
생각의 열매인 줄을.

알다가도 모를 일입니다.
내게서 벌어진 세계 속에
다시 내가 태어나
살고 있을 줄은.

5. 〈一〉

어떻게 해서
내가 있게 되었는지,
내게서 하늘땅이 태어나게 되었는지,
내가 정말 누군지 알 수 없지만

내가 살고 있네요.
내가 혼자 살고 있네요.
나의 내가
너의 내가
우리 모두의 내가.

그 〈나〉 속에
내가 살고
어머니, 아버지가 살고
이웃이 살고,
생물이 살고
광물이 살고
해와 달, 하늘이 한 덩어리진

우주가 살고,

시작이 없는 어제와
끝이 없는 내일이
오늘에 이어져 살고 있네요.

제각기
갖고 사는
동그란 〈나〉 속에.

6. 〈터〉

나무가 자라는 것은
나무가 푸르게 자라는 것은
산이 있고
물이 있기 때문입니다.

새들이 노래하는 것은
새들이 즐겁게 노래하는 것은
숲이 있고
햇빛이 있기 때문입니다.

우리들이 살아 갈 수 있는 것은
우리들이 굳건히 살아갈 수 있는 것은
땅이 있고
길이 있기 때문입니다.

드높은 하늘이 있기 때문입니다.

하늘도 땅도 거기서 태어난

또 하나의 자리가 있기 때문입니다.

담아도
담아도 빈,
온 세상, 하늘을 다 담아도
텅 빈 그 자리가
본래부터 있었기 때문입니다.

내가 길을 가면
해도 하늘도
따라오고,

가만히 앉았으면
세상은 하나.

내가 온 세상 주인이어도
내가 누군지 알 수가 없네요.

세상일 때는
내가 그 속에 있고

〈나〉일 때는
우주가 내 안에 들어 있는 ——

정말 누구일까……
〈나〉라는 나는?

〈한자리의 마무리〉

이 '나라고 하는 나'란 예와 이제를 회통하고 우주건곤을 포괄한 자립니다. 온전히 빛을 되돌려 바라본다면 어느 곳에서 제2의 나[生死身]를 볼 수 있겠는가. 티끌 한 점인들 덧붙일 수 있겠는가? 역력히 볼 때 보는 곳에서 사물事物을 세울 수가 없으니 사물 그대로가 보는 것이고, 듣는 데서 소리를 갈라낼 수가 없으니 소리까지가 온통 듣는 것이라, 어느 때 어느 곳이고 신령스런 광명이 항시 드러나 모든 상대가 끊어진 이 자리가 바로 우리들의 일편심 — 한마음 자리이다. 우리의 역사 속에 무수한 성현들에 의해 여실히 증명되고 있다. 이러한 미지의 세계를 향해 나아가는 것이 진정한 전진으로 인간 성숙의 길이며, 가상적 세계에 안주하여 살아가는 것은 조그만 자기의 껍질 속에 갇혀 무한대의 세계를 외면해 버리는 죽음의 행위이다. 삶이란 진정한 의미의 전진이며, 전진은 사실상 버림이요 떠남인 것이기 때문이다.

그러니까 진리의 세계로의 접근은, 진리를 내게로 가져다 들이는 게 아니라, 믿음으로써 내가 진리의 세계로 뛰어드는 일이다. 각자의 방 안에다 가없는 허공을 들여놓을 게 아니라. 벽을 허물고 내가 가없는 허공 속으로 뛰쳐나가야 하는 것이다. 그것이 올바로 살아가는 것이며 영원에 도달하는 길임을 알고, 버림으로써 새롭게 새롭게 얻고, 떠남으로써 거듭거듭 만남의 삶을 살아가야 하는 것이다.

6부
선시와 번역시

대개 발심참학인이 능히 한 말씀 아래 도에 들지 못하면 다만 방편에 의지하여 점차로 익혀가야 하리니, 방편을 빌려서 도에 드는 것은 철을 두들겨 진금을 만드는 일이고, 방편을 고수하여 버리지 않는다면 철을 가지고 금으로 여기는 격이다. 간절히 물러서지 말고 스승의 가르침에 따라 때를 기다리면 어느 날 무생도에 들게 되리니, 이것이 천성이 밟아온 길이라 부디 소홀하지 말지니라.

그러나 도의 성품은 사람사람이 갖춰져 있고 낱낱이 두렷이 이뤄져 있어서 가히 배워 얻거나 닦아 보탤 필요가 없는 것이다. 그러한 도의 경지를 들어서 믿고 믿어서 행하는 이는 예로부터 지금에 이르기까지 한 사람도 도를 이루지 못한 이가 없으니, 결정적인 일이라 믿는 이는 능히 행하고 행하는 이는 반드시 이르게 되느니라.

실로 그러하다면 제방의 참선인 천천만만인 중에 한 사람도 도를 이루는 이가 없는 것은 어쩐 일입니까? 천천만만이 다 바른 믿음에 미치지 못한 까닭이니라. 진정한 스승의 은혜를 입지 못했기 때문이니라.

어느 가을날

가을도 무르익어
빛 고운
사양의 햇살 속을
산이 첨벙 빠져 있다

길은
빛살에 젖어
노을빛 화안한
산 고갯길

휘정
　휘정
구름 너머로
한 노승이 가고 있다

청봉이 뻗어내린 남쪽지리산, 사바를 벗어난 정거천의 어디인 듯한 거기 ─ 나의 산책길이 노을빛 속에 잠겨 있다. 나도 거기 구름 너머로 휘정 휘정 가고 있었다. _98년 어느 가을날

연못가에서

_서산대사

어머니를 한번 이별한 뒤로
세월은 하염없이 흘러갔나니
늙은 자식이 아버지의 얼굴을 닮아
물속의 그림자 보다가 문득 놀란다

一別慈堂後 일별자당후　滔滔歲月深 도도세월심
老兒如父面 노아여부면　潭底忽驚心 담저홀경심

_허웅선사

자다 일어나 한가히 발을 걷노니
비온 뒤 산은 더욱 푸르다
구름 끝 어디 또 절이 있는가
아득한 놀 속에 종소리 난다

睡餘閑捲簾 수여한권염　雨後轉靑山 우후전청산
何處雲邊寺 하저운변사　齋鐘杳霞間 재종묘하간

공림사空林寺

_부휴선사

눈 위에 푸른 달빛, 밤은 깊은데
산 너머 아득한 만리, 길은 멀어라
맑은 바람 뼛속을 스며드는데
창 앞에 홀로 앉아 밤을 지새다

雪月三更夜 설월삼경야　關山萬里心 관산만리심
淸風寒徹骨 청풍한철골　遊客獨沈吟 유객독침음

물이 맑고 잔잔하면

_한산대사

물이 맑고 잔잔하면 환히 열리어
모든 것이 그 안에 비쳐나듯이
마음속에 아무 일도 두지 않으면
온갖 경계 그 모두가 성품의 바다

마음 위에 또 마음을 세우잖으면
영겁토록 한결같아 변함이 없네
만일 그대 능히 이렇게 알면
이 자리는 시공 밖의 본래의 모습

水清澄澄瀅 수청징징형　徹底自然見 철저자연견
心中無一事 심중무일사　萬境不能轉 만경부능전
心旣不妄起 심기부망기　永劫無改變 영겁무개변
若能如是知 약능여시지　是知無背面 시지무배면

분명히 눈앞에

_법등선사

예와 이제가 한 필지로 이어져
분명히 눈앞에 펼쳐졌도다
조각 구름은 저무는 골짝에 피어나고
외로운 학은 먼 하늘을 날아 내리는 것을!

今古應無墜 금고응무추　分明在目前 분명재목전
片雲生晚谷 편운생만곡　孤鶴下遙天 고학하요천

선사의 일상사

_천동선사

엷은 안개 자우룩한 어느 산가(山家)에
때를 만난 봄 풍경이 저리도 곱다
꽃 지고 물 흐르는 그런 봄날에
산에 노닌 소식은 장사(長沙)에게 부치리

輕煙羃羃衲僧家 경연멱멱납승가
節物迎春氣象華 절물영춘기상화
流水落花無限意 유수낙화무한의
遊山消息付長沙 유산소식부장사

— 장사회상의 수좌스님이 선사께 여쭙기를
"큰스님, 어디를 다녀오시는지요?"
"응, 산에를 좀 노닐다 온다네."
"어디까지 갔다가 오시는 겁니까?"
"방초를 따라갔다가 낙화를 쫓아 돌아온다네."
(始隨芳草去 又逐落化回)라는 데 대한
천동선사의 칭송이었다.

금강산에서

_서산대사

먼 산 가까운 산, 꽃으로 뒤덮이고
바람에 지는 꽃잎, 앞 내에 휘날린다
황정경 책장 덮고 고개 돌리니
팔만봉 산마루에 낮달이 지려 하네

處處花開遠近迷 처처화개원근미
幾多紅雨落前溪 기다홍우낙전계
黃庭讀罷一回首 황정독파일회수
八萬峰頭月欲底 팔만봉두월욕저

148

깨달음과 보림

— 깨달음이란 무엇을 깨닫는 것이며,
　보림이란 또 어떤 과정인지 알 수 있겠습니까?
— 그래 도원이, 깨달음이란 말이야 지금의 도원이랑 우주
　삼라가 실제로 태어난 게 아닌, 본래의 도원인 줄을 깨닫
　는 일이고, 보림이란 비록 그렇게 깨달았더라도 언제 어
　디서고 오직 홀로의 도원이로 걸림없이 살아갈 수 있기
　까지의 세월인 것이다.

　두 달 가까운 세월이 지나서였다.

— 빛과 어둠이 없는 땅을 보고서야
　스님의 가르침에 계합할 수 있었습니다.
— 어떤 것이 빛과 어둠이 없는 땅인고?
— 빛과 어둠이 없는 땅이란, 卽!

— 그러나 내가 너를 저버린 건가, 네가 나를 저버린 건가?
— 날씨가 많이 추워졌습니다. 스님 건강은 어떠신지요?
— 아니다. 그러지 말고 한번 다녀가지 않겠니?
— 예, 스님…그러겠습니다. 제대 후 찾아뵙겠습니다.

달빛도 시려라

_한산시

푸른 시내, 냇가에 샘물이 차고
한산에는 달빛, 달빛도 시려라
묵묵히 앉았으니 마음 절로 밝아오고
빈 이치 근원을 비추니 일만 경계 고요해라

碧澗泉水淸 벽간천수청　寒山月華白 한산월화백
默知神自明 묵지신자명　觀空境愈寂 관공경유적

산거山居

_부휴선사

산 높아 달이 이내 지고
바람에 산열매 떨어지는 소리……
밤 이슥해 사람의 그림자도 없는데
들창 가득 흰구름만 이어 흐르네

風動果頻落 풍동과빈락　山高月易沈 산고월이침
時中人不見 시중인부견　窓外白雲深 창외백운심

거기 묻혀 사노라니

_한산시

한산은 몹시 깊고도 험준하여
오르는 사람들 모두 저어하네
달이 비치면 물은 차가이 맑고
바람이 불면 잎은 떨어져 즐비하다

마른 매화 등걸에는 눈이 꽃을 피우고
꺾인 나무 가지에는 구름이 잎을 단다
가끔 비를 만나면 산빛 더욱 곱지만
맑은 날이 아니면 좀체 오르지 못하느니

寒山多幽奇 한산다유기　　登者皆恒攝 등자개항섭
月照水澄澄 월조수징징　　風吹草獵獵 풍취초엽엽
凋梅雪作華 조매설작화　　枞木雲充葉 올목운충엽
觸雨轉鮮靈 촉우전선령　　非晴不可涉 비청부가섭

수미암에 올라

_허응선사

광한궁과 이웃하여 높이 솟은 작은 암자
백발 선승이 홀로 앉아 졸고 있다
안개구름 자욱 깔려 하늘인지 바다인지
피는 꽃 지는 잎에 세월을 엮어간다
차 달이는 연기 따라 한 쌍 학은 늙어가고
약 찧는 절구 곁으로 첩첩 산이 모여든다
이 산중에 선경이 있다는 말 들었는데
이마 우리 스님이 영랑선이 아닌가 싶네

小庵高倂廣寒隣 소암고병광한린
白髮禪僧獨坐眠 백발선승독좌면
醉舞橡雲迷甲乙 취무상운미갑을
開化脫葉記是年 개화탈엽기시년
一雙鶴老茶煙外 일쌍학노다연외
萬疊峰回藥杵邊 만첩봉회약저변
聞說此中仙境在 문설차중선경재
吾師無乃永郎仙 오사무내영랑선

_장산선사

자비로운 눈길 깜박할 한 순간에
온 천지 사방이 잠기었나니
수미의 큰 산이 티끌 먼지 끊어졌고
대양의 큰 바다가 물 한방울 없는 것을!
한 방울 없는 물이 돌에 굴러 잘랑이고
티끌 끊긴 푸른산이 하늘높이 솟아올라
솟아오른 청봉 아래 띠집을 짓고
맑은 개울 시냇가에 밭갈고 씨를 뿌려
피곤하면 평상 위에 발뻗어 잠이 들고
배고프면 나물밥 지어 맛있게 먹노라네

蓮目一瞬時 四海無等匹 須彌絶纖毫 大海無涓滴 無涓滴
兮 落石潺潺 絶纖毫兮 排空扱扱 結庵於亂山之下 種田
於寒澗之側 困有床兮 可伸足而臥 飢有飯兮 可開口而喫

154

잘 오셨네. 이 안에 일체가 두루 갖춰져 있어서
먹고 자고 쉬면서 한껏 노닐며 자적할 수 있다네.
본래부터 그대가 이 대보장세계의 주인이니까.
아니 그게 아니고 대도를 구하러 왔다고?
대도는 고사하고 만유세계를 낱낱이 뒤져보더라도
구해갈 거라고는 실오라기만한 것도 하나 없다네.
설령 있다는 건 다 그대 마음의 거울 속에
비쳐난 현상으로서
취해 가실래야 가질 수도 없고 버릴래야 버릴 수도 없는
다만 그대의 빈 모습일 뿐이라오.
그렇다면 저는 여기서 어떻게 해야겠습니까?

밝은 깊고 넓고 차가와 고기는 물리지 않나니
빈 배 가득 달빛을 싣고 오며가며 노닐지어다.

묘향산에서

_서산대사

십년을 노병중에 사립문 닫겼어라
물 멀고 산도 깊어 찾는 발길 뜸했더니
창 앞에 와 울던 새가 어이 그 뜻 알았는지
흰구름 깊은 골 따라 중이 하나 찾아온다

十年老病掩柴扉 십년노병엄시비
山遠水長客到稀 산원수장객도희
林下鳥啼如有思 임하조제여유사
白雲深處一僧歸 백운심처일승귀

156

산거山居의 노래

_작자미상

강 맑아, 달이 물에 잠기고
산 비어, 가을빛이 정자에 가득해라
내 즐겨 뜯는 가락, 내 스스로 말 것이여
그 누가 듣건 말건 상관없어라

江淨月在水 강정월재수   山空秋滿亭 산공추만정
自彈還自罷 자탄환자파   初不要人聽 초부요인청

— 스님, 그 동안 편안하셨습니까?

— 예, 어서 오십시오. 초당거사!

— 차나 한 잔 하시지요.

— 더위에 어떻게 지내십니까?

— 나야 뭐, 저 물소리나 들으며 잘 지내고 있지요.

— 여기서는 개울물 소리만 듣고 있어도 수도가 되겠
  네요.

— 그런데 스님!

— 예!

— 푸른 산 맑은 물은 이렇게도 좋거니와
  어떤 것이 진여본성 자립니까?

— 거사님!

— 예!

— 지팡이를 짚고 지팡이를 찾아 수만리를 헤매 다니고
  계시는군요.

— 무슨 말씀이십니까?

— 푸른 산 맑은 물이 이렇게도 좋습니다.

내게 비처진 운거雲居스님에 대해

운거스님을 떠올리면 스님의 무욕이 절로 내게로 전해져 심오한 경이의 세계를 체험하게 된다. 이것은 복잡한 현대의 삶속에서 희구하기 어려운 정신적 파급효과이다.

지난해 여름 전시장에서 소리도 없이 긴 여운만 남기고 가셨던 스님과의 첫 인연(2004년)은 나의 화작생활에도 적잖은 영향을 미쳤다. 여름소나기였던가… 바람이었던가… 꽃향기였던가… 여러 차례나 스님의 빛깔을 찾아보려 했었다.

그때 건네주셨던 한 권의 작은 시집은 스님에 관한 어떤 정보가 없이도 확연한 이미지와 느낌을 알 수 있었다. 그 신선한 미소, 고요한 시선, 깊은 감성, 따스한 배려 등등은 스님의 시와 글에서도 일치하고 있었기 때문이리라. 심지어 언급도 하지 않았던 '대도선의 세계'마저 내가 깊이 빠져 읽고 있었던 걸 보면 굉장한 만남을 예시했었던 것 같다.

그 후, 줄곧 만나게 되면서 시간과 공간을 가늠치 못하게끔 공기처럼 내 생활에 와계셨음을 알게 되었다. 애욕으로, 물욕으로, 명예욕으로 일그러지고 상처받고 다툼질하는 우리 인간이 얼마나 부끄럽고 하찮은 존재임을 알게 하고, 그런 나 자신을 승화시켜 '무념의 세계'로의 인도되고 있었다. 스님의 시를 통해, 또한 스님의 삶을 통해 나는 잃어버렸던 고운 마음의 빛깔 하나를 찾게 된 것은 여간 놀라운 일이 아닐 수 없다.

지난겨울, '첫눈 오는 날'이라는 시를 우편으로 받고 그 순간 화들짝 놀라 종일 꼼짝을 할 수 없었던 기억, 그 기억은 내 삶에 하나의 커다란 사건처럼 대단했다. 지면에 쓰여졌다기보다 그려졌다고 해야 더 좋을 그 시에서의 문학성과 조형성에 두고두고 경탄한 것이다. 딸들과 함께, 방문하는 지인들과 함께 그 한편의 시로 눈과 마음을 충족시키며 지난 겨우살이를 했다고 해도 과언이 아니었다. 그 시를 만나는 날—그냥 세상이 온통 눈으로 뒤덮여 있는 듯한 환희에 빠져 있었다. 그와 유사한 체험들은 스님의 다른 시에서도 숱하게 발견할 수 있었다. 스님의 시가 대체로 형상화로 그려져 있었기 때문이다.

한 조각의 여백—거기서 감성과 지혜가 길러져 인간적인 행복과 성숙이 함께 이뤄지게 되고, 홀연히 완성된 자아를 발견하여 진정 영원불멸의 삶을 구가해 갈 수 있다'라는 스님의 말씀은 그림 그리는 일로 살아가고자 하는 내 유약한 삶에 지표어가 되어 나를 이끌어 가고 있었다. 경건히 머리 숙여 감사드린다.

스님과의 첫만남을 떠올리며…

_2014년 4월 9일 정진혜

7부

인류교육의 새 지평을 열어갈 월인천강론

인류교육의 새 지평 월인천강회

월인천강론 필진

김재은 : 이화여대 교육심리학 명예교수, 본회 고문

이돈희 : 전 교육부장관, 서울대 명예교수, 본회 고문

손광세 : 시인, 시인나라 발행인, 객원 필진

박경윤 : 서양화가, 본회 발기위원

정석영 : 본회 회장, 시인

논지개요

도라는 것은 인간으로서 마땅히 밟아가야 할 길이라는 뜻입니다. 그러한 도에 신앙심과 기복의식이 덧붙여져 종교의 형태가 되고, 그것을 벗어났을 때 인간으로서 이수해가야 할 진정한 교육의 역할이 되는 것입니다.

교육은 몸과 마음을 닦는 수(修)의 측면과 학업과 기술을 익히는 학(學)의 측면이 어우러져 왔었고, 종교는 어리석은 마음을 닦아가는 수(修)의 방편과 실제로 닦아갈 게 없는 도(道)의 바탕이 이어져 왔었는데, 언제부턴가 학(지식)의 일변도 교육과 수(방편)의 일변도 종교로 전락하여 인간으로서 밟아가야 할 진수를 놓쳐버리고 있습니다.

그래서 나의 마지막 생애를 걸고 인간으로서 마땅히 나아가야 할 인간성숙과 자아완성의 도를 교육으로 받아들여 교육과 종교, 인류사회를 천지만유의 한 근원으로 모아 인류의 새 지평을 열어가야 합니다. 그러할 때 참으로 가깝고 쉽게 인류의 영원무궁한 행복시대로 되돌릴 수 있기 때문입니다.

우리는 각기 나의 대보장 세계를 가지고 있으면서 그 근원으로 돌아갈 줄은 모르고, 한 티끌보다 작은 개아에 머물러 그저 많이 배워 많이 알고 많이 모아 많이 가지는 데로만 수단방법을 가리지 않고 전력질주하고 있습니다. 우선 감성이 길러져야 지성과의 조화를 이룸으로써 인간성숙의 과정을 거쳐 자아완성의 경지로 나아갈 수가 있는데도 말입니다.

그러한 나의 보고를 파묻어 두고 밖에서부터 백을 배워오고 천을 모아올 필요가 없는 것입니다. 그러한 본래의 자리로 되돌려지고 보면 무불통지無不通知하고 무불소유無不所有하여 천생만겁을 두고 모자람이 없이 안락하여 쾌락무우快樂無憂한 삶을 영원무궁토록 누려가게 되는 까닭입니다.

태어난 것은 모두가 죽습니다. 그러나 우리들 내면의 인간은 태어날 수가 없고 죽을 수가 없습니다. 가을이 되면 나뭇잎은 생명이 다해 떨어지지만 나무는 살아 있듯이, 알고 모르는 생각의 밑바탕에 한결같은 절대인간의 자리가 깔려 있기 때문입니다. 우주만유의 시원인 무의식계가 깔려 있기 때문입니다. 우리는 과연 어떤 인생을 살아가야 하겠습니까?

제1부
월인천강론 제1편 (인생)

 우리들은 태어나면서부터 각기 저마다의 방이 만들어졌지요. 그 안에서 먹고 자고 일하며 살아가는 인식의 방이었습니다. 먹을거리와 옷가지며 여러 가지 가구며 놀이기구들까지 해서 방안이 꽉꽉 메워지도록 끊임없이 배워 들이고 벌어 모아서 남들이 부러워할 삶을 꿈꾸며 열심히들 살아가고 있는 거지요.

 그러나 인간이 사는 이 세상 어딘들 그렇지 않았겠습니까마는, 우리 선조들의 그 헐벗고 굶주린 생애가 더욱 뼛속 깊이 사무쳐 옵니다. 그 세대가 바로 우리네 어머니 아버지요, 할아버지 할머니였으니까요. 그런데도 요즘 우리들은 너무나 호사스런 삶을 살아가고 있습니다. 그때의 그 한 그릇의 밥과 한 벌의 옷은 그리도 절박한 것이었지만, 요즘은 너무 많은 것들로 인해 더 소중한 자리를 잃어가고 있는 거지요.

 허리띠 졸라매고 그 어려운 시대를 건너오신 그분들의 희생으로 한맺힌 보릿고개도 벗어나고 경제성장도 이룩하

166

여, 우리는 이제 집집마다 한두 대의 자가용을 굴릴 만큼 좋은 세상을 살아가고 있습니다만, 그러나 문득, 동그란 밥상 하나에 오순도순 둘러앉은, 가난하지만 오붓했던 그때가 아련히 그리워지곤 합니다.

찔레꽃 붉게 피는 남쪽나라 내 고향
언덕 위에 초가삼간 그립습니다.

무엇 때문에 왜 그러는 걸까요?
저 솔밭 언덕길로 휘이휘이 내려오는 흰옷 입은 길손만 보아도 행여 우리집에 오시는 손님은 아닐는지 하는 그, 사람 그리는 정과, 또한 칠팔월 무더위 끝, 하롱하롱 잠자리 날개 젓는 파아란 하늘 위로 두둥실 뭉게구름 떠가는 그 한 조각의 여백을 놓쳐버린 까닭이 아닐는지요.

강 맑아, 달이 물에 잠기고
산 비어, 가을빛이 정자에 가득했어라.

비어서 맑고, 맑아서 화안히 비치는 그러한 감성과 지혜의 영역을 메워버렸기 때문이지요. 그 잡다한 것들을 가득가득 채워 담느라고 우리는 정작 진금의 여백을 메워버리고 있는 셈이지요. 감성은 생각 이전의 느낌이고, 지혜는 느낌 이전의 비침입니다. 지성과 감성의 두 측면은 수레의 두

바퀴와 같아서 형평을 잃어버린다면 수레가 앞으로 굴러가지 못하듯, 인간적인 성숙을 이뤄가지 못하는 거지요.

교육이 인간을 성숙시키지 못한다면 인간을 죽음으로 몰아가는 형국입니다. 인간을 살려내지 못하는 지식경제 성장과 과학문명의 발달은 누굴 위해 종을 울리자는 것인지, 우리에겐 무슨 의미가 있는 건지요?

나무가 자라는 것은
나무가 푸르게 자라는 것은
산이 있고 물이 있기 때문입니다.

새들이 노래하는 것은
새들이 즐겁게 노래하는 것은
숲이 있고 햇빛이 있기 때문입니다.

우리들이 살아갈 수 있는 것은
우리들이 굳건히 살아갈 수 있는 것은
땅이 있고 길이 있기 때문입니다.

드높은 하늘이 있기 때문입니다.

고기들이 물속에 살면서 물을 보지 못하고 새가 하늘을

날면서도 하늘을 알지 못하듯, 우리들 또한 더 많이 알고 더 많이 가지는 데만 급급하여 그 소중한 여백의 자리를 알지 못한 채 아둥바둥 살고 있지요.

그 하늘까지 포함된 것이 현상세계이고, 또 현상세계의 바탕인 실상계로 되돌려져야만 비로소 완전한 인간이고 완성된 자아일 수 있습니다. 그러한 실상계가 바로 우리들 마음의 밑바탕에 깔려있기 때문이지요.

하늘도 땅도 거기서 태어난
그 하나의 자리가 있기 때문입니다.

담아도 담아도 빈,
온 세상, 하늘을 다 담아도
텅 빈 그자리가 본래부터 있었기 때문입니다.

파도 아래 깔린 만고청청 그 바다는 보지 못한 채 길고긴 세월을 물결로만 밀려오고 밀려가며 부대끼다가, 드디어 하늘땅이 태어난 그 자리를 보게 된 것이지요. 의식과 무의식의 실상계와 현상계를 동시에 수용하는 천만억 성현들의 생애가 구름처럼 펼쳐져 나왔던 거지요. 그리하여 우리들은 새롭게, 새 차원의 인간으로 구만리창공을 머리에 이고 오대양 육대주로 이어진 대지를 굳건히 발아래 깔고서 다시 태어나게 된 것이었지요.

그래서 물결이 닿는 곳까지가 바다이고
인간의 상상이 미치는 데까지가 인생이며
의식의 작용에서 무의식의 체성까지가 마음인 거지요.
자, 그렇다면
우리들이 진정 길이길이 복된 삶을 누려 가려면
더러는 텅 비어서 맑고, 맑아서 화안히 비치는
그런 인간성숙의 여백을 살려가야 합니다.

왜냐하면 가장 높은 진리는 가장 가까운 데 있고
가장 거룩한 성과는 가장 힘들이지 않는 데서
이뤄지는 또 다른 차원이 있기 때문이지요.

우리들이 배워서 아는 지식은 이내 잊어버리게 되고 벌어서 모은 재산은 결국 흩어지게 되며, 길러서 이뤄진 몸은 마침내 무너지게 되어 있습니다. 그래서 영원히 무너지지 않는 절대의 자리로 돌아가야 합니다. 그것은 바로 우주만유의 시원점인 곧 무의식의 체성자리인 까닭입니다.

월인천강론 제2편 (교육)

　적을 알고 나를 알아야 백전백승할 수 있다는 교훈은 우리들이 이미 익히 알고 있는 터이지만, 인간을 모른 채 인간을 교육하고 있다는 실책에 대해서는 우리 모두가 까마득히 잊고 있는 것입니다. 그 엄청난 실책으로 인해 배가 산으로 끌어올려지고 있는 거지요. 그리하여 지식인간, 물질인간으로 전락되고 있는 줄을 다들 아는지 모르는지, 실로 이보다 큰 위기는 없을 것입니다.

산은 하늘을 이고 있어서 산의 역할을 다할 수 있고,
파도는 바다를 깔고 있어서 긴 세월을 두고
광활한 바다의 품을 지녀올 수 있었던 것입니다.
그러나 인간의 의식 — 그것은
하늘보다 높고 바다보다 깊은
무의식의 바탕을 깔고 있었기에
긴 억겁, 만유시공을 거느려 올 수 있었던 것이지요.

어떻게 해서 내가 있게 되었는지
내게서 하늘땅이 태어나게 되었는지
내가 정말 누군지 알 수 없지만,

내가 살고 있네요, 내가 혼자 살고 있네요
나의 내가, 너의 내가, 우리 모두의 내가.

그「나」속에 내가 살고,
어머니 아버지가 살고, 이웃이 살고,
해와 달과 하늘이 한 덩어리진 우주가 살고,
시작이 없는 어제와 끝이 없는 내일이
오늘 속에 겹쳐져 살고 있네요.

제각기 갖고 사는
동그란「나」속에.

가지를 꺾어 세우고 잎을 따 모으기보다
씨 한 톨, 나무 한 그루가 더 소중하듯이,
밖에서 배워 들이고 모아 가지는 그 많은 것들이
텅 빈 채로 그득한 우리들 본래의 그 모습만 하겠습니까.
시작도 끝도 없는 우리들 절대의 그 자리만 하겠습니까.
그저 많이 배워 많이 알고 많이 모아 많이 가지는 걸
제일로 아는 오늘날의 교육체제와 사회구조를
여러분은 혹 알고 계시는지요?

퐁당 퐁당 돌을 던지자 누나 몰래 돌을 던지자
냇물아 퍼져라 널리널리 퍼져라 건너편에 앉아서

나물을 씻는 우리 누나 손등을 간질여 주어라

아이들과 함께 손잡고 부르던 그때의 노래가
아련한 그리움의 메아리로 들려오지 않으신지요?
그리고 또한
높다란 미루나무 꼭대기에 걸린 구름을 보다가
문득 그 파아란 물빛하늘에 포옥 빠져보진 않으셨던가요?

그 하늘 안에는 해와 달이 살고, 별들이 살고, 지구가
살고
지구 위에는 나무들이 살고, 짐승들이 살고, 사람들이
살고
사람들 중에는, 그 숱한 사람들 중에는 내가,

내가 살고 있어서
내 안에 다시
우주만유가 살고 있네요.

그렇습니다.
의식일 때는 언제나 대상과 맞서있게 되고
의식작용이 쉬어질 때는 대상이 내 안에 잠겨든
무의식계로 돌아와 만유시공을 포용하고 있으니
실로 불가사의한 일이라 아니할 수 없는 것입니다.

그러나 본래로 너와 나, 우주 삼라만상이 둥그런 마음거
울 하나로써 거울속의 형상에 빠져 생사와 고락에 허덕이
게 되고, 형상까지도 거울빛인 줄 알 때 절로 유유자적하게
되는 거지요.

하늘까지 넣어 실을 그러서 산빛이 더욱 아름답고
먼 바다를 펼쳐 배를 띄우니 노을까지 지리 고와라

우리가 진정 인간을 살리고 교육을 바로 세우려 한다면
말과 글만 배울 게 아니라, 침묵의 공간을 살려주고
여백의 둘레를 넉넉히 비워둬야 합니다.
그것이 진정 인간성숙, 자아완성의 길이자,
인류의 새 지평을 열어갈 우리 교육의 방향인 것입니다.

요즘 지식일변도 교육에 밀려난 감성과 지혜의 영역을
살려내려면 배움보다 익힘의 과정이 훨씬 길어야 조화로운
인간으로 길러집니다. 부러진 한쪽 날개는 달아줘야만 만
리장공을 훨훨 날아갈 수 있으니까요. 그 지식일변도가 곧
지성적이 될 수 없다는 사실도 알아야 하고요. 왜냐하면 지
성은 감성과 조화를 이루고 있을 때 지성적인 거고, 감성은
지성의 바탕을 깔고 있을 때 감성적일 수 있으니까요.

또 감성이란 감정이 걸러지고 감상에서 벗어난 자리기도

하지요. 그리고 지성과 감성은 인간성의 양 축으로서 지성은 인지(人智)를, 감성은 인성(人性)을 가리킨 것이며 인지는 곧 지혜의 안목이고, 인성은 사랑과 은혜로의 표출입니다. 또한 그 여백을 통해 걸러져야만 조화와 균형이 이뤄지게 되고, 다시 그 조화로운 중용의 삶을 통하여 인간적인 행복과 성숙, 그리고 절대자아로의 환원이 이뤄지게 된다는 사실을 알아야 합니다.

이 세 편의 글에서는 직접적인 설명이나 주장은 가급적 피했습니다. 징검돌 사이사이로 비쳐진 하늘과 구름, 산과 나무의 풍경들을 보면서 징검징검 건너다보면 절로 강의 저쪽 언덕에 가닿을 수 있도록 얽어놓았기 때문입니다.

월인천강론 제3편 (환원)

"쟤가 뭐 잘났다고 저러고만 있지?"

"누가 아니래. 조그마한 게 점잖은 척하고 말이야."

"예쁘게라도 생겼으면 말도 안하지."

"길다란 게 아무것도 없는 빈 땅바닥을

백날 비추고만 있으면 뭘 한대?"

누리네 방 문구멍으로 빠져나간 빛조각들의 얘기소리입
니다.

석류나무 잎새를 비추고 있는 빛조각들의 수다 떠는 소
리가 요란합니다.

그렇게 윽박질을 해도 문틈으로 빠져나간 가느다란 땅 빛
조각은 아무런 대꾸도 못하고 소리 없이 울고만 있었습니
다. 있는 듯 없는 듯이 땅바닥만 비추고 있을 뿐이었습니다.

"우리가 그렇게 얘길 해도 들은 척도 않고 있는 꼴 좀 보
라지."

"글쎄 말이야, 바보 같은 게."

땅 빛조각은 죽고만 싶었습니다. 그러나 어떻게 죽어야
하는지조차 알 수가 없습니다. 바람이 부는 것만큼이나 잎

새 빛조각들의 수다도 그칠 새 없이 이어지고 있었습니다.

"뭐가 그렇게들 소란스러우냐?"

빨갛게 익은 석류를 비추고 있던 커다란 빛조각이 입을 열었습니다.

"나뭇잎을 비추든 땅바닥을 비추든 어둠을 밝히는 점에서는 다 같은 거야. 우리는 어둠 속에서 조그만 제 자리를 밝히며 살아가는 한빛 형제들이야. 다투지 말고 누굴 업신여기지도 말고, 서로 사랑하며 살아가야 하느니라. 우리는 모두 같은 빛뿌리란다."

석류 빛조각의 점잖은 말씀에 뜨락은 엄숙하리만치 조용해졌습니다.

산들바람도 잠시 몸짓을 멈추고 귀를 기울였습니다.

석류나무 둥치를 비추고 있던 빛조각은 그 말뜻을 분명히 알 수는 없었지만 석류 빛조각의 말씀이 옳을 것 같았습니다.

땅 빛조각은 가슴이 찌잉 울려오는 듯했습니다. 그러나 잎새 빛조각들만은 그렇지 않았습니다.

"피이, 말도 안 되는 소리야. 우린 이렇게 따로따로의 빛조각 들인데 어째서 같은 빛뿌리란 말이야."

"괜히 하는 소리라구."

"어째서 우리가 저 쓸모없는 땅 빛조각이랑 한 형제란 말이야."

잎새 빛조각들은 석류 빛조각이 들리지 않는 자리에서 이렇게 수군거렸습니다.

잠시 멎었던 산들바람이 다시 불어오자, 잎새 빛조각들은 또 신명이 난 듯 수다를 떨기 시작합니다.

"뭐니뭐니 해도 우리가 최고라고. 우리가 잎새를 키우지 않았던들 어떻게 석류가 열릴 수 있었겠니?"

"맞아 맞아."

"사실은 석류 빛조각도 우리들이 부러워서 그러는지도 몰라."

땅 빛조각은 그러한 잎새들의 얘기에는 아랑곳하지 않고 이따금 깊은 생각에 잠기곤 했습니다.

'우리는 다 한빛 형제들이야. 우리는 모두 같은 빛뿌리란다.'

땅 빛조각은 지금까지 어둠 쪽으로 비춰나가기만 하던 것을 자기 안쪽으로 되비추어 보았습니다.

땅 빛조각은 순간, 놀라운 사실을 보게 된 것입니다. 지금까지 땅바닥에 깔려 있는 작은 빛조각인 줄로만 알았던 자기가 길게 빛줄기로 이어져 있는 게 아니겠습니까! 그는 너무 놀라워서 얼른 제 자리로 빛을 되돌리고 말았습니다.

그러나 한참 뒤에, 다시 용기를 내었습니다. 땅 빛조각은 자기의 빛줄기를 타고 거슬러 올라갔습니다. 저만큼 방안에는 번쩍이는 빛뿌리가 얼핏 보이기도 했습니다. 땅 빛조각은 두근거리는 가슴을 누르며 빛줄기를 타고 좁다란 문지방 틈새로 들어가 방안에 이르렀습니다. 방안에 들어서는 순간, 그는 그만 기절을 하고 말았습니다.

얼마 후, 깨어났을 때는 이미 땅 빛조각이 아닌 커다란 빛뿌리였습니다. 어디에도 조그만 빛조각의 자기는 찾아볼 수가 없었습니다. 이게 어떻게 된 일인지 정말 꿈만 같습니다. 그러나 틀림없는 사실이었습니다. 자기도 다른 빛조각도 없고 방안 가득 커다란 한빛으로 채워져 흘러넘치고 있었습니다.

그런데 아! 저만큼 잎새 빛조각들이랑 석류 빛조각이랑 그리고 땅바닥을 비추고 있는 제 빛조각까지 이렇게 한빛으로 이어져 있는 것입니다. 그러니까 그 여러 빛조각들이 하나로 이어진 커다란 빛뿌리였습니다.

아! 놀라워라, 신비해라, 거룩하여라
둥근빛 한뿌리에서 그 모두가 나뉘었고,
나뉘진 그 자리에서 다시 하나로 모아져도
그 모습은 항상하여 변함이 없는,

내 이제 그 뿌리로 돌아왔으니
근심걱정 온갖 시름 다 놓았어라

이렇게 읊고 나서 석류 빛조각의 은혜를 생각하자, 그 은
혜의 빛 속에서 이런 말씀이 들려왔습니다.

장하다 너는 이제 한빛의 뿌리
한빛의 빛뿌리로 빛을 뿌리며
모두를 보살피어 키워 나가리,
모두를 빛뿌리로 키워 나가리

너는 지금 빛뿌리로 돌아왔지만
와서 보면 본래의 너의 그 자리
거기서 빛나라로 다시 간대도
가나오나 그 자리가 본래 한자리

빛뿌리가 된 땅 빛조각은 조용히 다른 빛조각들의 곁으
로 돌아왔습니다. 옛 그대로 조그만 땅 빛조각으로서 제 자
리를 지키며 살아갈 것입니다. 그리하여 오는 세상 다하도
록 빛조각들의 생애가 다할 때까지 그렇게 살아갈 것을 굳
게 다짐합니다.

요즘 너무 많은 지식정보며 놀이문화에 노출돼 있어서 우리들의 해맑은 마음자리는 잡다한 관념들로 뒤덮여 있습니다.

주인노릇 하는 나그네를 내보내야 본래의 주인이 제자리로 돌아올 수 있습니다. 곧 관념의 나를 떠나보내야 본래사람이 모습을 드러내게 된다는 거지요.

선가에서 견성오도라고 하지만 요즘은 옛날 같지 않아서 부지하세월이 되고 있습니다만, 이것으로 5일간의 정진을 제대로만 한다면 분명 미지의 세계로 깊숙이 가닿아 체험해보게 될 것입니다.

【두 가지 이야기】

김재은: 이화여대 교육심리학 명예교수
문학박사, 월인천강회 고문

이번 「월인천강론」은 전반적으로 간결하면서도 아름다운 문장이 돋보입니다. 그러나 여기서는 특히 앞부분의 두 가지만 제기하려고 합니다.

그 하나, 제각기 가지고 있는 방의 의미

태어나면서부터 각기 저마다의 방이 있다는 이야기입니다. 인간의 고귀한 가치는 다른 어떤 사람과도 바꿀 수 없는, 곧 교환 불가능한 자기만의 색깔과 의미가 있다는 점입니다. 그래서 자식을 사랑하는 부모라 할지라도 사형수 아들을 대신해서 죽을 수가 없습니다. 교육은 특히 좋은 교육은 개개인으로서 가지고 있는 개인적 소망이나 목표, 삶의 의미, 개성, 적성 같은 것을 살려주어야 한다는 말이 됩니다. 누구나 자기나름의 방을 갖고 있다는 개념은 훌륭한 생각입니다. 우리는 그 방의 의미를 살려주어야 합니다.

그 둘, 감성과 지성의 조화에 대하여

"감성은 생각 이전의 느낌이고, 지혜는 느낌 이전의 비침이다"라는 대목과 "지성과 감성이 조화와 균형을 이뤄 가야만 인간적인 성숙에 이른다"는 주장 또한 공감이 갑니다. 오늘날 우리 젊은이들에게 지성은 발달되어 있는지는 몰라도 감성은 사그라져 가고 있음을 봅니다. 아름다움에 접해도 감동이 없습니다. 그저 따지기만 합니다. 스마트시대가 가져온 비극적 상황입니다. 들꽃 한 포기에도 눈길이 가고, 유심히 들여다보면 눈이 휘둥그레질 그런 감성이 없어졌습니다. 옛날, 우리가 없이 살았을 때는 그러한 감성이 반짝였습니다. 지성과 감성의 양 축은 수레의 두 바퀴처럼 함께 굴러가야만 진정한 인격의 성숙을 이룰 수가 있습니다. 크게 공감합니다. 교육에서는 꼭 이 점을 강조해야 할 것이라고 생각합니다.

'하늘까지 넣어 산을 그려서 산빛이 더욱 아름답고
먼 바다를 펼쳐 배를 띄우니 노을까지 저리 고와라'

참 아름답습니다. 그러한 월인천강의 새 시대가 열려오기를 학수고대 기다려 봅니다.

【나를 떠나서 나를 보는 즐거움】

이돈희: 전 교육부장관, 서울대학교 명예교수

월인천강회 고문

우리 월인천강회의 이번 「월인천강론」에서는 여백의 빈 자리를 통해 이뤄가게 된다는 인간성숙의 길을 나는 스스로 '나를 떠나서 나를 보는 것'으로 간주하여 평소의 소신한 바대로 간략히 서술해 보려고 합니다.

우리는 항시 즐겁게만 사는 것은 아니지만, 어려웠던 때나 괴로웠던 때나 지난날들을 다시 살펴보면 그 순간 나의 존재에 대한 의미를 생각하게 됩니다.

그 순간에 나는 착하고 좋은 삶을 그리게 됩니다. 친구나 이웃과의 겨룸도 없어지고, 헛된 욕심도 없어지고, 부모나 형제나 자식을 탓함도 없어지고, 나를 원망하는 일도 없어지고…… 그러면서 내가 누구인가, 내가 해야 할 일이 무엇인가를 생각하게 됩니다. 가끔 나를 떠나서 나를 보는 것, 착한 나를 보는 것, 그래서 무엇인가 하고픈 일이 있는 나를 보는 것은 즐거움이지요.

하지만 그냥 내가 보이지는 않습니다. 보고자 애써도 보이지는 않지요. 그래서 나를 품고 있는 자연을 보고 나를 보고, 지나간 세월을 보고 나를 보고, 다가오는 세상을 상상해 보고 나를 보고…… 그러면 조금씩 내가 보입니다.

때로는 나무를 보고 나를 보고, 새들을 보고 나를 보고, 하늘을 보고 나를 보고, 대지를 보고 나를 보고, 바다와 파도를 보고 나를 보고…… 그러면 내가 좀 더 잘 보일 수 있습니다. 외롭지도 않고 힘들지도 않고, 맑게 그리고 밝게 내가 보입니다. 나를 보는 습관은 좋은 습관인 것 같습니다. 아이들에게 나를 보는 습관을 보여주는 것은 어른이 된 도리일 줄로 압니다.

그 글에서 나를 보는 지혜를 고운 이야기로 들려주고 있습니다. 그래서 내가 읽고 또 읽고 그러는가 봅니다. 고맙습니다.

【굽이굽이 산자락처럼이나】

박경윤: 서양화가
본회 발기인

스님,
오랜만에 스님의 글을 제대로 감상할 수 있어서 매우 기쁩니다.

까마득한 옛날이었지요. 그때, 함양의 서상 상원암에 계실 때 지금 제가 살아온 세월의 반을 접은 20대 중반에 스님을 처음 뵈었고, 그 후, 다시 뵐 때마다 간간히 들려주셨던 법문, 해맑은 시세계 또한 스님께서 다시 정리하신 그 글들을 대하며 얼마나 행복해 했던지요.

마치 햇살 따뜻한 상원암 마당에서 바라본 굽이굽이 산자락처럼이나 아련하고 포근한 분위기에서 절로 저의 헛된 마음을 내려놓게 해주셨지요. 그러나 왜 그랬는지, 그땐 아무런 이유도 모른 채 그냥 마냥이었던 것 같았는데……

이번의 그 「월인천강론」을 읽으면서 알았습니다. 우리들의 원초적인 고향으로 우리 다함께 돌아가야 한다는 것을,

그러한 인류의 새 지평을 열어갈 그 막중한 과업을 우리 함께 뜻을 모아 받들어 가야 한다는 것을 말입니다. 스님, 감사합니다. 그리고 우리리 존경합니다.

저는 50평생을 어떻게 살아왔는지, 앞으로는 또 어딜 향해 어떻게 달려가야 할 것인지…… 참 막막해 하던 때, 인간으로서 마땅히 지향해 가야 할 탄탄대로를 이 짧은 글로써 이렇게 명료하게, 이렇게 아름답게, 흐트러짐 없이 제시해 주고 계십니다. 스님은 이 각박하고 메마른 세상에 촉촉이 단비를 뿌려주고 계시는 겁니다.

저희는 늘, 적게 배우고 적게 가져서 행복하지 못한 것으로 여겨왔는데, 너무 많이 배우고 많이 가지려는 그 욕심 때문에 행복하지 못했던 세월을 이 늦게나마 되찾을 수 있게 해주셨습니다. 스님, 거듭거듭 감사드립니다. 동료교사들과 아이들과도 소중히 공유하겠습니다. 당장 저희네 식구들과 함께 나누어야겠습니다.

이 추운 계절에 부디 따뜻하게 보내시며 스님, 내내 건강하시길 두 손 모아 기원합니다.

【반가운 이정표】

손광세

월인천강회 「월인천강론」의 그 오페라 같은 구성 형태로 짜여진 세 편의 글을 읽었다. 어찌 그처럼 깊은 내용을 그리도 간결 명료하게 짚어낼 수 있었는지, 감탄을 금할 수 없었다.

거기엔 물질적인 풍요에만 집착하지 말고, 정신적인 풍요도 함께 누려가야 한다는 충고가 담겨 있다. 물질적인 여유와 정신적인 성숙이 조화를 이뤄가야만 진정 행복한 삶을 실현하게 된다는 이야기다. 나에게도 보릿고개를 넘던 뼈아픈 시절이 있었다. 칡뿌리와 나무열매를 찾아 골짝 골짝을 헤매고 다녔다. 내 누이가 홍역에 걸렸는데 약 한 첩 지어 먹여보지 못하고 겨우 네 살, 그 어린 나이로 먼 세상을 떠나보내야 했다. 아버지의 손을 잡고 커서 공을 할 테니 살려달라고 애원하더라는 이야기를 전해 들으면서 우리 온 가족은 얼마나 울었는지 모른다. 부디 가난으로 고통 받는 사람이 없기를, 가난으로 목숨을 잃는 불행은 더욱 없기를 꿈을 꾸듯 바라며 살아왔다. 그런데 요즘은 과정이야 어떻든 부만 축척하면 된다는 경제논리가 굿판을 벌이고 있

188

다. 과학기술과 물질문명에 떠밀려 인간성과 가치관이 상실된 아픈 세상으로 변모하였다. 제 부모를 길가에 내다버리는가 하면, 보험금을 노리고 아내는 남편을 남편은 아내를 살해하는 세상이 돼버린 것이다.

그리고 "돌아온 고향"은 그 옛날 누리네 방, 숭숭 뚫린 문구멍으로 빠져나간 빛조각들의 세상사는 이야기다. 수다쟁이 잎새 빛조각들과 듬직한 둥치 빛조각, 그리고 석류 빛조각과 가느다란 땅 빛조각…… 그러한 가운데, 실바람만 일어도 쉴 새 없이 이어지는 잎새 빛조각들의 수다와, 있는 듯 없는 듯이 땅바닥만 비추고 있는 땅 빛조각의 침묵―그 양자 구도를 이루고 있다. 의연하면서도 내심 여리기도 한 땅 빛조각은 쉽게 상처받기도 하고 감격하기도 곧잘 하는 화자 자신일 것이다. 그래서 정작 석류 빛조각의 말씀을 깊이 새겨듣고 제 빛줄기를 타고 들어가 내면의 세계를 발견하고…… 마침내 큰 깨달음을 이루게 된다. 그러나 그 충만한 빛뿌리에서 다시 빛조각들 세상으로 돌아와 의지를 굳히고 있는 땅 빛조각의 자세에서 궁극적인 인류의 향방이 그려지고 있는 매우 의미 있는 동화였다.

우리들은 마땅히 그런 깨우침을 거울삼아 자신의 내면을 비춰보며 인간적인 성장을 해가야 한다. 물질과 인간이 조화를 이루자면 요란한 성토보다는 침묵을 가르쳐야 하고,

잡다한 지식과 물욕으로 가득 채워진 내면을 비움의 여백으로 걸러져 새로운 차원으로 성숙돼 가야 한다고 일러주고 있다. 그리하여 우리는 마침내 길이길이 복된 삶을 누려갈 영원불멸의 자리로 돌아가야 한다는 것이다.

끝으로 다시 한번 간추려본다. 지성과 감성의 조화로운 중용에 의해 행복과 성숙은 저절로 이뤄지게 되는 것이다. 그 성숙이란 끊임없는 채움의 연속이 아니라, 결국 비움의 여백을 통해 본래 완성된 인간의 자리로 환원되는 것이므로……그것은 우리 인류사에 새로운 획을 긋는 일로서 인간교육의 새 시대를 열어갈 그 시발점이 되리라 확신한다. 외진 산길에서 만난 반가운 이정표가 아닐 수 없다. 우리 함께 크게 경하할 일이다. 월인천강회의 무궁한 발전을 기원한다.

손광세

*동아일보 신춘문예 동시 당선, 월간문학 신인상 시조 당선, 시문학 시 천료

*한국아동문학상, 방정환문학상, 조선문학상, 한하운문학상, 대한아동문학상 수상

*시인나라 발행인, 홈페이지 : http://danyss.wo.to/ 이메일: danyss@hanmail.net

【죽음을 기다리는 사람들】

정석영: 월인천강회 회장, 시인

고맙게도 하늘과 땅 사이에 내가 태어났노라. 그러므로 최선을 다해 열심히 인생을 살다가 미련 없이 죽어가야 한다는 관념들에 깊숙이 각인돼 있습니다. 인간의 자존심과 존엄성 같은 건 다 어디다 잡혀놓고 마치 눈을 뽑힌 것처럼 가엾게 죽음의 처분만을 기다리는 사람들……

설령 배고픈 학으로 살아갈지언정 배부른 돼지에게 제 몫의 자존심을 팔아넘기지는 말아야 하지 않았을까요? 또 설령 많이 배우지는 않더라도 하늘땅보다도 소중한 인간의 존엄성만큼은 반드시 지켜가야 하지 않을까요?

천만 개의 별을 모아서 파란 하늘 한 자락 펼쳐낼 수가 없고, 그 억만의 하늘을 포개도 우리들 마음 하나 지어낼 수 없습니다. 그것이 무엇으로도 대체될 수 없는 인간의 존엄성인 까닭이지요. 의식과 무의식의 현상계와 실상계가 우리들의 한마음 자리이자, 너와 나, 우주만유의 시작과 마침일 뿐, 다시 다른 시종이 없습니다.

지금까지 꺾어 세운 가지와 따 모아온 잎들―그 뿌리 없는 교육에다 씨 한 톨, 뿌리 하나 심어보세요. 하루 사이 만리성을 쌓게 될 테니까요. 잎이 떨어져 뿌리로 돌아가듯 비우고 모아지면 근원으로 되돌려집니다. 당장 아이들까진 어쩔 수 없더라도 어른들부터 시작해 가야 합니다. 하나로부터 전체가 이뤄지고, 천리원정도 그 첫걸음부터 시작되니까요.

이「월인천강론」으로 낡은 관념의 때를 씻어낼 수 있습니다. 혼자면 혼자, 둘이면 둘이서 며칠간의 수련을 시작해 보시지요. 그 며칠간은 평상시대로 밥을 먹고 평상시대로 잠을 자고…… 평상시와 다르게는, 다른 글 읽지 말고, 다른 말, 다른 생각, 보고 듣고, 받고 보내는 기기사용까지 가급적 피하시고, 편안히 쉬면서 생각 빈 마음으로 비쳐보기만 하십시오.

그렇게 그 한편씩을 한두 번씩 읽고 나서 좀 쉬었다가 한 부분씩을 읽으며, 읽는 자신을 되비쳐 보십시오. 그러면서 차도 한 잔 하시고, 골목길도 한 바퀴 돌아오시고, 산책을 하다가 낮은 산도 오르며 아름다운 자연도 감상하시며 문득문득 그것을 생각나는 대로 떠올려보고 되새겨 보십시오. 하루나 이틀을 그렇게 이어가 보면 '아하' 그렇게 느낌이 올 겁니다. 그러나 거기서 머물러 있지 마시고, 연이어 사흘 나흘을 지나 편안히 쉬면서 말가니 비쳐보며 닷새째를 맞이해 보십시오. 그릇된 관념들이 사라시게 되면 차츰 실상의 세계가 드러나 보입니다. 미지의 그 세계로 깊숙이 가닿아 있음을 체험하게 될 것입니다.

실제로 함께 모여서 행하는 수련회 같은 것이면 더욱 좋겠지만, 온라인상으로 모여서 날짜와 규약을 정하고 해 갈 수도 있겠지요. 그냥 그렇게 한두 번 읽고서 다른 것들에 휩싸여 지나쳐 버린다면 읽은 거나 안 읽은 거나 다를 바가 없는 무의미한 일일 수 있습니다. 이 모처럼의 기회를 놓쳐 버리지 마시기 바랍니다.

그러나 확실한 수련체험은 지도를 받아야 하고, 진정한 깨달음은 사람을 만나야 하는 법입니다.

시집에 무슨 교육론이냐고 말하는 이들이 있기도 하겠지만, 해맑은 시들로부터 감성적인 논문으로 훌륭한 귀결이 이뤄졌습니다. 이면의 세계에 깊숙이 닿아가 보면 시와 선, 교육이 하나의 근원에 이어져 있음을 보게 됩니다. 요즘 지식정보의 홍수 속에 본질적인 인간이 매몰되고 있습니다. 파도는 일어났다 사라져도 바다는 그대로이듯, 우리들의 의식은 끊임없이 기멸하지만 의식과 대상이 벌어져 나온 그 무의식의 본체는 만유의 시원으로 만고상존의 것이기 때문입니다. 그런 차원으로 인류교육의 새 지평을 열어가자는 것이 월인천강회의 이념입니다. 그리하여 우리 함께 모이고 뭉쳐져야 우리들의 행복한 새 세상이 앞당겨질 수 있습니다. 월인천강론의 수련법이 서둘러 상설화 돼야만 실제적인 접근이 이뤄집니다.

아아, 샛노랑 잎새들이 젖고 있다

초판 1쇄 인쇄 2014년 8월 20일 | **초판 1쇄 발행** 2014년 8월 27일
지은이 정석영 | **펴낸이** 김시열
펴낸곳 도서출판 운주사

(136-034) 서울시 성북구 동소문로 67-1 성심빌딩 3층

전화 (02) 926-8361 | **팩스** 0505-115-8361

ISBN 978-89-5746-385-7 03810   값 10,000원

http://cafe.daum.net/unjubooks 〈다음카페: 도서출판 운주사〉